Von der Spree bis an die Moldau

In das Wohnzimmer mit dem großen Fenster, das bis zur Zimmerdecke reicht und nach Norden zeigt, hat die Sommersonne nie einen Blick gewagt. Die tägliche Dunkelheit, im Schatten der Sonne und auch im Schatten des Lebens, füllt den Raum und drückt aufs Gemüt.

Die sonst so kleine Zwei-Zimmer-Wohnung mit den glänzend rotbraun gestrichenen Holzdielen erschien mir jetzt viel größer, nachdem Marianne, meine große Schwester nun auch mit dem Medizinstudium begonnen hat. Den Platz neben dem wärmenden tannengrünen Kachelofen gleich neben der Tür teilte ich an den kalten Abenden nur noch mit Mutter. Das Singen und Streiten meiner Geschwister, welches oft schon im Hausflur hörbar wurde, lag einige Monate zurück. Roberts 20-zigster Geburtstag! Ein Tag mit Streuselkuchen, so groß wie ein Tisch, wie immer gebacken im Backofen der Bäckerei gleich nebenan, roch appetitlich. Wir bekamen keinen Besuch, da der

Geburtstag auf einen Wochentag fiel. Ich saß mit Mutter im Wohnzimmer und begann das Gespräch auf meine berufliche Zukunft zu lenken. Vor vier Wochen war ich bei der Musterung für die Volksarmee.

„Ja, ich weiß, und?", wunderte sich Mutter. Ein Offizier hatte mich gefragt, welche Waffengattung mich in der Armee interessierte. Ich gab ihm zu verstehen, dass mich Flugzeuge begeistern. Daraufhin hatte er mich für das fliegertechnische Personal registriert. Er sagte, ich könnte Flugzeugingenieur werden und am Boden viele interessante technische Aufgaben für die Armee erfüllen. „Ich denke, das wäre –nachdem ich nun als politisch unzuverlässig eingestuft wurde und nicht mehr Pilot werden darf- ein schöner Beruf. Was meinst du?

„Ach Junge", stöhnte Mutter gequält, allein gelassen in ihren täglichen Sorgen. „Ich habe keine Ahnung, was aus dir werden soll. Mache erst einmal deinen Dienst an der Waffe, danach weißt du mehr."

Da ich der Wehrpflicht nicht entkommen konnte und sonst auch keinen anderen Plan hatte, war das Thema, wie ich damals glaubte, ohne einen hilfreichen Rat von Mutter zu bekommen, beendet. Ich wollte mehr über die Vergangenheit der Generation meiner Mutter erfahren. Ich schwieg für ein paar Minuten, sah Mutter bei der Flickarbeit zu. Ich wusste aus vielen Versuche, wenn ich etwas zu erfahren suchte, was der Vergangenheit angehörte, dann wich sie immer meinen Fragen aus und blockierte sofort jedes weitere Gespräch zu diesem Thema. Wenn sie aber doch einmal etwas von sich preisgab, dann kullerte nur eine Träne über ihre Wange und folgte dem bereits ausgetrockneten Tränenbach der Erinnerungen. Trotzdem war es mir nie klar, wann Mutter bereit war, zum Thema Vergangenheit zu sprechen und worüber man etwas erfahren konnte. Heute siegte mein Wissensdurst mit der Frage:

„Wie war das eigentlich damals mit Hitler und so?" Überrascht ließ sie die Stopfnadel in der Socke, die den hölzernen Stopfpilz umspannte, stecken, drehte ihren Dutt fester, der sich trotz der Haarnadeln oft widerspenstig zu einem kleinen Pferdeschwanz auflöste, sah in meine Richtung, aber mit fernem Blick an mir vorbei, machte eine kurze Pause. „Ich habe bis zum Schluss an den Endsieg geglaubt", sagte sie dann mit leiser Stimme. „Und jetzt, was glaubst du heute? fragte ich gespannt. „Ich glaube nur noch an Gott und sonst an sehr wenig, aber ich bin froh, hier im Sozialismus zu leben." „Und warum? wollte ich wissen. „Ich war als junges Mädchen in Stellung, weißt du, was Stellung ist?" Als ich bejahte, holte sie tief Luft, sah auf ihre von schwerer Arbeit gezeichneten Finger, hielt mit der linken Hand den Stopfpilz umklammert. Die rechte Hand, deren Zeigefinger von einem unbehandelten Bruch gekrümmt war, ruhte in ihrem Schoß. Leise fuhr sie nun fort: „Das bedeutete, Dienstmädchen für die reichen Herrschaften zu sein. Wir waren weniger wert als ein Hund, der zu den Herrschaften gehörte. Unser Lohn bestand aus freier Kost und einem Bett zum Schlafen. Nein, jetzt habe ich Arbeit und wir müssen nicht hungern. Und meinst du, dass wir im

Kapitalismus für deine beiden Schwestern das Medizinstudium bezahlen könnten? Hier ist alles frei, und die Kinder der Arbeiter bekommen noch eher einen Studienplatz, als die aus der Klasse der Doktoren und reichen Unternehmer. Wo gibt's das schon?" „In der UdSSR", warf ich ein. „Ja klar, auch dort wird der", sie stockte einen Moment, „Kommunismus aufgebaut." Sie machte erneut eine kurze Pause, zog ihre Stirn kraus. „…oder der Sozialismus? Ist ja auch egal, du weißt schon, was ich meine."

Nur wenige Monate vergingen nach unserem Gespräch, als ich meinen kleinen braunen Koffer mit den notwendigsten Kleidungsstücken packte, um von nun an dem Sozialismus als Soldat zu dienen.

Ordnung und Disziplin hatte ich zuhause, nach häuslichem Drill, ausreichend gelernt. In dieser Beziehung drohten mir beim Militär keine Probleme. Die Grundausbildung, damit meine ich das Exerzieren, dauerte für mich und noch weitere vier Kameraden nur zwei Wochen. Das war außergewöhnlich, denn es wurden dringend Funker und Fernschreiber gesucht, die sofort mit der Funker-Ausbildung beginnen sollten. Ich meldete mich sofort, vermutete schon, dass eine Extrawurst auf mich wartet. Täglich lernte ich das Morsealphabet, während die anderen Soldaten weiter das Übungsgelände mit ihrem Schweiß tränkten. Es wurde Herbst und die Funker-Prüfungen abgelegt, das Qualifikationsabzeichen feierlich übergeben. Gleichzeitig hatten wir professionelles Zehn- Finger-Schreibmaschine schreiben gelernt, denn die Fernschreiber, die auch von uns bedient werden mussten, waren mit der gleichen Tastatur ausgestattet wie eine ganz normale Schreibmaschine. Unsere Kaserne befand sich unweit vom Berliner Stadtrand. An einem Morgen im Mai, ich hatte gerade meinen täglichen Fünftausend-Meter- Lauf beendet, der Morgen lag noch in der Dämmerung, erschien mir unser Exerzierplatz wie von einer Schneedecke bedeckt, wie weiß lackiert im Licht der Laternen. Ich machte jeden Tag meinen zusätzlichen Fünftausend-Meter-Lauf, den mir der

Kompaniechef zusätzlich genehmigt hatte und sah, dass die Schneedecke aus vielen kleinen Papierzetteln bestand. Ich hob einen Papierstreifen auf und erkannte eine Schriftzeile. Ich las: „Neckermann macht's möglich." Wie von einer Tarantel gestochen, warf ich das Papier weg, erkannte sofort die politische Prägnanz, sah mich um wie ein ertappter Dieb und lief mit schnellen Schritten in den Block meiner Kompanie zurück. Mir war klar, ich durfte niemandem von dem eben Erlebten erzählen.

Nach dem Acht- Uhr- Fahnenapell, der jeden Morgen vor unserem Kompanieblock stattfand, marschierten wir zum Frühstück. Unser Weg führte uns am Exerzierplatz vorbei, und ich war gespannt auf die Reaktion meiner Kameraden und vor allem auf das Verhalten der Offiziere. Meine Spannung verpuffte, als ich sah, dass der Exerzierplatz blank gefegt und kein Schnipsel von den Flugblättern mehr auf dem Zementboden lag.

In meiner Dienstzeit arbeitete ich hauptsächlich als Fernschreiber. Wir erhielten sehr wichtige Schreiben von der sowjetischen Armee über die Lage des Luftraumes und deren Überwachung. Diese Schreiben wurden dann an den Armeegeneral mit höchster Dringlichkeitsstufe weitergeleitet. Der Armeegeneral saß unweit unseres Sicherheitstraktes. Ich erkannte, dass ich mich an einer sehr verantwortungsvollen Stelle befand und für die Luftraumüberwachung der DDR eine wichtige Bedeutung hatte. Es machte mich ein wenig stolz.

Wir konnten an einer großen, durchsichtigen Scheibe aus Plexiglas die Daten über Höhe, Geschwindigkeit und Nationalität der Flugzeuge identifizieren und bis achtzig Kilometer in den Luftraum der angrenzenden Länder einsehen.

Oft wurde Alarm ausgelöst, weil Flugzeuge mit fremder Kennung sich unserem Luftraum näherten. Dann starteten zuerst die MIG's der sowjetischen Staffel. Einmal näherten sich fast fünfhundert Flugzeuge, aus Richtung Bonn kommend, unserem

Luftraum. Wenige Flugkilometer vor unserer Landesgrenze änderte dieses Geschwader seinen Kurs und drehte kurz vor der Grenze ab. Eine gewollte Provokation. Somit war nicht alles Lüge, was unsere „Aktuelle Kamera" in den Nachrichten berichtete.

Ich versuchte, mir mit meinem bei der Armee Erlebten ein Weltbild zu erstellen. Manchmal glaubte ich, es gefunden zu haben und dann kam der obligatorische Politunterricht. Hier stellte ich unserem Politoffizier Fragen, die mir aber nur Schwierigkeiten einbrachten. Ich wollte nicht provozieren, sondern suchte nur nach Antworten, wie zum Beispiel, warum die Soldaten an der Grenze mit dem Gesicht in die DDR schauen und nicht zum Klassenfeind gerichtet sind. Diese kritische Frage brachte mir zur Strafe zusätzliche Arbeit in der Küche beim Kartoffelschälen ein.

Nach einem Jahr merkte ich, dass ich für den Soldatendienst, bei dem man keine eigene Meinung haben durfte, nicht taugte.

Die große berufliche Hoffnung auf eine fliegertechnische Laufbahn stellte sich als eine Lüge heraus, denn die Offiziere in der Musterung lockten mit ihren falschen Versprechen die Unterschriften für eine zwölfjährige Verpflichtung in der Armee aus den jungen Männern heraus.

Ich war selbst darauf reingefallen, konnte mich aber auf Nichteinhaltung der Versprechen berufen und wurde somit nach dem gesetzlichen Wehrdienst aus der Armee entlassen.

Wieder einmal zerbröselte ein weiterer Berufswunsch, für den ich mich entschlossen hatte, wie Sand zwischen den Fingern.

Nach dem Soldatendienst hatte ich noch 2 Wochen Ferien, die ich in Berlin bei meiner Schwester Maria verbrachte. „Und was willst du jetzt machen?", fragte mich meine kluge Schwester.

„Ich weiß nicht. Ich suche mir hier in Berlin eine Arbeit." entgegnete ich. „Du brauchst aber für Berlin eine Sondererlaubnis, um hier zu leben", gab sie zu bedenken. Aber ich hatte mich inzwischen informiert. „Das gilt für mich nicht, als ehemaliger Soldat." „Ja, da hast du Recht, du kannst dich hier ganz normal anmelden und dir Arbeit suchen", überlegte Maria. „Genau das habe ich vor."

Ich schlenderte durch die Berliner Straßen, blieb vor einem großen Gebäude stehen.

Ein Riesenkasten, mit unzähligen Fenstern, dachte ich, da muss doch auch ein Eingang sein? Auf dem emaillierten Straßenschild an der Hausmauer stand, Taubenstraße. Ja, hier war der Eingang. Eine große verglaste Drehtür warf gerade einen Besucher wieder auf die Straße zurück. Ich machte mich schlank und folgte der Drehrichtung einwärts. Hinter einem meterlangen dunkelbraunen Empfangstisch saßen zwei junge Frauen. „Guten Tag", begann ich, auf die Dame mit der Brille zugehend. „Guten Tag", erwiderte sie mit einer recht dunklen Stimme, „was möchten Sie?"

„Ich möchte zur Kaderabteilung, ich suche eine Arbeit", trug ich meine Bitte vor. „Einen Moment bitte!", brummelte die Dame und griff zum Telefonhörer. Nach einem kurzen Gespräch mit dem Teilnehmer am anderen Ende der Leitung fragte sie nach meinem Namen. „Ich heiße Robert Hammer", stellte ich mich vor. „Gut, Herr Hammer, gehen Sie bitte in die 2. Etage in das Zimmer 207 und melden Sie sich dort. „Ich bedankte mich und als ich mich suchend nach der Treppe umschaute, zeigte die Dame zu einem Fahrstuhl, genannt Paternoster. Sie lächelte und erkannte sofort, dass ich noch nie mit einem Paternoster gefahren war. Ich sah, es war nur ein Fahrstuhl, der nie anhält. Ich konzentrierte mich auf die kommende Fahrstuhl-Plattform und sprang mit Schwung hinein. Geschafft! Etage Nr. 1, dann Etage Nr. 2, hier abspringen. Das hatte geklappt.

Zimmer 207, hatte die Dame gesagt. Ich klopfte an die Tür und wartete auf das Herein. Als ich noch einmal etwas lauter klopfte, kam endlich die Aufforderung einzutreten.

Ein freundlicher Mann mit lockigem, schwarzem Haar reichte mir die Hand. „Guten Tag, Herr

Hammer!" Wir setzten uns an einen runden Tisch, umgeben von vier, mit schwarzem Leder bezogenen Polsterstühlen, die auf hochglanz-verchromten Beinen ruhten. „Sie suchen Arbeit? Wo haben Sie bis jetzt gearbeitet? Was sind Sie von Beruf?", begann der nette Herr das Gespräch. „Ich bin Agrotechniker und komme gerade aus der Armee", gab ich Auskunft zu den Fragen. „Was haben Sie bei der Volksarmee gemacht?", wollte er nun wissen. „Ich war Funker und Fernschreiber." „Hmm, Fernschreiber? Können Sie Schreibmaschine schreiben?" Als ich antwortete: „Ja, ich schreibe 120 Anschläge in der Minute", erhellte sich sein Gesicht und er erwiderte: „Oh, das klingt gut!" Der Kaderleiter überlegte für einen kurzen Moment. „Wir benötigen jemanden für die Fakturierung. Trauen Sie sich das zu?" „Ja klar", antwortete ich, ohne zu wissen was Fakturierung bedeutete und ohne Kenntnis darüber, in welcher Firma ich mich beworben hatte. Die Einstellung war in wenigen Minuten abgeschlossen, und der Arbeitsvertrag beinhaltete die Anzahl der Urlaubstage, das Gehalt und die Bezeichnung der

Funktion. Es war ein kleines DIN-A5- Blatt, zweiseitig beschrieben, mit dem Hinweis, als „Dokumentenbearbeiter" eingestellt zu sein. Ich war glücklich und begann meine Arbeit gleich am nächsten Tag. Frau Peuker, eine schlanke, durch tägliche Diät etwas nervöse Frau, war meine Chefin. Ich schrieb acht Stunden täglich Rechnungen auf einer elektrischen Schreibmaschine, deren Farbband ständig stehenblieb und die Buchstabentypen zwar gehorsam auf das Papier schlugen, aber ohne die gewünschte Farbspur zu hinterlassen. Eine leichte, aber sehr eintönige Arbeit. Nach etwa sechs Monaten betrat ein Mann von großer Gestalt das Schreibbüro. Ich schätzte ihn auf mindestens zwei Meter, er war sehr schlank. Er sprach mit Frau Peuker und hinterließ einen angenehmen Parfümgeruch. Ich hatte keine Ahnung, dass dieses Gespräch mit meiner Chefin mich betraf. Es war an einem Freitag und das Wochenende lag vor mir. Kurz vor Arbeitsschluss kam meine Chefin an meinen Schreibtisch, legte mir einen Zettel vor und ich verstand nicht sofort, was sie wollte. „Hier sind das Kontor und das Zimmer aufgeschrieben", und sie zeigte mit ihrem rotlackierten Zeigefingernagel auf den Papiertext, „wo sie ab Montag arbeiten werden." Ich nahm den Zettel und las: „Kontor 13, PuV, TC, Zimmer 310." Ich schaute sie fragend an. „Sind Sie nicht zufrieden mit mir?" Sie legte ihre Hand auf meine Schulter und lächelte gönnerhaft: „Keine Angst, Sie steigen auf".

Ich hatte nicht nur in eine höhere Etage meinen Schreibtisch gewechselt, sondern meine Tätigkeit wurde tatsächlich anspruchsvoller, vom Koordinator für Vertragsstrafen und Überwachung der Bankakkreditive und deren Realisierung bis zum Exportkaufmann für Schiffsdieselmotoren, Pumpen und Verdichter sowie für galvanotechnische Anlagen. Bis dahin waren Jahre vergangen und die Aufnahme eines Studiums zum Außenhandelskaufmann lag in dieser Zeit.

Ich war nun der Meinung, jetzt geht es nur noch aufwärts, insbesondere beruflich und finanziell. Nichts fehlte mehr zum Glücklich Sein. Ich hatte es geschafft bis zu einem eigenen Büro, einer Sekretärin, die ständig Gallenkoliken bekam und sogar zu internationalen Kontakten mit Käufern aus der ganzen Welt. Sprachen waren für mich kein Problem. Außer für die russische Sprache, die jeder lernen musste, besaß unser Unternehmen eine große Dolmetscherabteilung. Besuchte eine Delegation aus Afrika oder auch aus China unser Unternehmen, so genügte ein Anruf in der Dolmetscherabteilung und in wenigen Minuten stand ein Übersetzer in der gewünschten Sprache zur Verfügung. Eines Tages rief mich mein Chef - dieser große Mann, der mich damals aus dem Schreibbüro geholt hatte - in sein Zimmer. Er war mir sehr sympathisch, in der Arbeit sehr genau im Detail und er erkundigte sich auch über das Befinden seiner Mitarbeiter und deren Familien. Er fragte mich, ob ich Interesse hätte, in ein TKB nach Paris zu gehen. Ich wusste inzwischen, dass TKB's –Technisch-Kommerziell-Büros bedeutete, da ja die DDR international als selbstständiger Staat nicht anerkannt wurde und so diese als Ersatz-

Botschaften im kapitalistischen Ausland bestanden. „Wenn Sie dem zustimmen, dann werden wir Sie sofort zum Intensivkurs für Französisch delegieren", hörte ich ihn nun sagen. „Ja", antwortete ich, überrascht über dieses Angebot und dankte meinem Chef für das Vertrauen.

Die tägliche Arbeit ließ die Wochen schnell vergehen. Der Intensivkurs für Französisch und das Warten darauf machten mich unruhig. Ich wusste ja, dass Geduld nicht zu meinen Stärken gehörte und somit versuchte ich, mich mit allen möglichen Erklärungen zu beruhigen.

Nachdem ich das Angebot, nach Paris zu gehen, erhielt, informierte ich mich über alle Einzelheiten, über das Leben in Frankreich und wohnte Gesprächen bei und lauschte neugierig, wenn Mitarbeiter über ihre Erlebnisse im Ausland berichteten. Herr Förster, der aus Indien kam und bei seinen Besuchen in Berlin über die toten, verhungerten Menschen auf der Straße berichtete, machte mich nachdenklich. So etwas konnte ich mir nicht vorstellen und es ließ mich erschauern und erweckte in mir neue Fragen über das Warum. Antworten fand ich keine.

Meinen Chef, der inzwischen zum stellvertretenden Generaldirektor ernannt wurde,
bekam ich immer seltener zu sehen.
Die Ungeduld wurde immer größer, und ich versuchte, im Sekretariat meines Chefs einen Gesprächstermin zu bekommen. Ich trat in sein Zimmer, er begrüßte mich wie immer freundlich und schaute durch seine körperliche Größe auf mich herab. Es störte mich sonst nie, weil er mein Chef, aber auch ein guter Freund und besonders guter Lehrer für mich war. Doch heute stand für mich meine Zukunft auf dem Spiel, wie ich zumindest in diesem Moment glaubte. Er setzte sich locker in seinen drehbaren Ledersessel, las in einer Akte und fragte mich, ohne aufzusehen: „Sie sind nicht in der Partei?" „Nein", antwortete ich und fügte fragend hinzu: „ist das denn notwendig?" „Schon", bejahte er nickend, etwas nachdenklich. Nun fragte ich zweifelnd: „Und wie ist das jetzt mit Paris?" Aber er

beruhigte mich: „Es dauert noch etwas, bevor Sie einen Reisepass für das nichtsozialistische Ausland bekommen." Ich bedankte mich und verließ guten Mutes das Zimmer. Eigentlich hatte ich in meiner Naivität das Signal meines Chefs, Mitglied der Partei zu werden, nicht verstanden, denn es vergingen weitere Jahre ohne den angesagten Einsatz in Paris. In der laufenden Arbeit bekam ich tieferen Einblick in die Zusammenhänge zwischen Politik und Wirtschaft zwischen den verfeindeten Blöcken, dem sozialistischen und dem kapitalistischen Wirtschaftsgebiet. Unsere Schiffsmotoren gingen zu einem Schnäppchenpreis an die Käufer im Ausland. Der Umrechnungskurs in Valuta hatte für die Hersteller der Exportgüter einen ruinierenden Effekt. Alles, was ich bei meinem Wirtschaft-Studium gelernt hatte, galt in der täglichen Arbeit nicht mehr. Pflichtbewusst konsultierte ich meinen Chef mit der von mir gemachten Erkenntnis, dass, wenn wir weiter unsere Produkte unter dem Herstellungspreis verkauften, es unausweichlich zur Pleite kommen musste. Herr Schumacher erklärte mir, dass es bei unserer Arbeit darauf ankam, Devisen, also US-Dollar oder eine andere konvertierbare Währung zu erhalten, damit wir unsere Importe bezahlen könnten. Diese Antwort war eine rein praktische Erklärung, aber für mich kein Mittel, um eine Staatspleite abzuwenden.

Ich hatte eine Anfrage für die Lieferung von Kurbelwellen haushoher Schiffsmotoren aus Westdeutschland auf meinem Schreibtisch. Im Konferenzzimmer warteten vier Vertreter von einem weltweit operierenden Unternehmen aus Mannheim. Wie häufig, wurden neben den fachlichen Fragen auch manchmal rein persönliche Gespräche über die Familie oder auch andere Themen geführt. Dadurch lernte man sich etwas näher kennen und bekam auch das nötige Vertrauen für eine zu erwartende Vertragsgestaltung. Ohne, dass ich es besonders wahrnahm, kam es auch zu einem Lohnvergleich gegenüber den Kaufleuten in Westdeutschland und der in der DDR. Einer der Verhandlungspartner sagte mir, dass Sie - und er meinte mich - in Ihrer Funktion in Westdeutschland das Zehnfache verdienen könnten als in der DDR. Ich war mir bewusst, dass man in Westdeutschland mehr Geld verdient. Jedoch sah ich keinen direkten Bezug für meine Person und für meine Arbeit im Außenhandelsunternehmen als Exportkaufmann. Natürlich wusste ich nicht, dass diese Gespräche abgehört wurden und mir eines Tages schaden könnten. Durch meine Tätigkeit genoss ich viele Privilegien, konnte zum Beispiel bei „Versina", einem Geschäft für Botschafter, Westprodukte einkaufen und lebte sehr gut mit meinem monatlichen Gehalt. Ich hatte inzwischen einen zinslosen Kredit für den Bau eines Eigenheimes bekommen und war für die nächsten Jahre verplant. Doch ging mir die Bemerkung, ich könnte drüben das Zehnfache verdienen, nicht mehr aus dem Kopf. Das Zehnfache und das noch in Westmark, kaum vorstellbar. Das wären ja zehntausend Westmark im Monat.

Mich ließ dieser Gedanke nicht mehr los. Es fesselte mich diese Geldsumme. Eine kompetente Person von einem großen Unternehmen hatte mir diesen Virus in den Kopf gepflanzt. War ich nun kapitalistisch verseucht? Ich überlegte, die Arbeit ist die gleiche, nur für mehr Geld und vermutlich auch mit vielen attraktiven Dienstreisen verbunden. Während ich in der Freizeit jede Stunde auf meiner Baustelle tätig war, vergaß ich dieses verlockende Gespräch mit dem Verhandlungspartner und hoffte, dass wir mit dieser Mannheimer Firma zu einem Vertragsabschluss kommen würden. Ein Jahresvertrag käme mir gerade recht und könnte die Entscheidung, nach Paris zu gehen, sicher beschleunigen.

Ich steuerte in den langen Gängen des Unternehmens die Reiseabteilung an. Es mussten die Reisekosten beantragt werden. Für mich war eine Reise nach Warschau dringend erforderlich. Alle notwendigen Unterlagen - Reisedirektive, Grund und Ziel der Reise sowie die benötigten Zahlungsmittel - mussten vor Antritt jeder Reise genehmigt werden.

Zurück in meinem Büro, saß mein Chef und unterhielt sich mit Frau Schmidt, meiner Sekretärin. Wir waren sozusagen unter uns, und ich nutzte die

Gelegenheit, Paris ins Gespräch zu bringen. „Ach so, ja", änderte mein Chef seinen Gesichtsausdruck, der soeben noch entspannt gewesen war und immer im Mundwinkel ein Lächeln vergrub. Er sah mich musternd an, die Lippen schmal zusammengepresst, las, wie ich vermutete, für eine Sekunde in meinen Augen. „Ja…", er machte eine Pause, es war still, nur die Kaffeemaschine pustete in Abständen luftholend das kochende Wasser in den Filter. Ich glaubte, man höre mein Herzklopfen. Dann, am Ende dieser schweigenden Sekunden kam der Satz, „Sie sind als NSW-Reisekader abgelehnt worden." Er teilte es mir so ganz nebenbei und ohne ein Gefühl des Bedauerns mit, als wäre es die nebensächlichste Sache der Welt. Ich war durch das Sieb gefallen, schoss es mir in den Kopf.

Ich versuchte meine Enttäuschung zu verbergen, erklärte, dass ich noch etwas in einem benachbarten Büro zu erledigen hätte und verließ das Zimmer.

Ich suchte die Toilette auf und wollte für einen Moment allein sein. Als ich die Toilette betrat, war gerade ein Arbeiter von der Reinigungsfirma bei der

Säuberung der Örtlichkeit. Er hielt für einen Moment inne, musterte mich mit verächtlichem Blick von oben bis unten - in meinem dunklen Anzug mit einem weißen Hemd, unter dem Hemdkragen einen roten Binder, der das oft zu große Hemd auf den Umfang meines dünnen Hals reduzierte - und richtete seinen Blick mit tiefem Hass gegen mich. Wie ein Giftpfeil, den er gezielt auf mich abschoss, indem er verächtlich mit dem Schimpfwort „ihr Bonzen" traf er in meine schon bereits verwundete Seele.

Noch am selben Abend zuhause zog ich über mein jetziges, noch junges Leben Bilanz. Meine Berufswünsche Pilot oder Flugzeugingenieur hatten sich nicht erfüllt. Ein neuer beruflicher Traum, einmal im Ausland unser Land zu vertreten, war zerplatzt. Ich wollte und musste dringend eine Entscheidung für meine Zukunft treffen.

Es lag in meiner Natur, mich sehr schnell für etwas zu entscheiden. Meine Ungeduld drängte mich dazu. Ich verfasste zuhause einen Brief, der mein ganzes Leben später beeinflussen sollte. Die Zeilen hatte ich offiziell an das Außenhandelsunternehmen, zu

Händen meines Chefs, des Generaldirektors gerichtet.

Der Brief beinhaltete meinen Wunsch, offiziell in die BRD, in das kapitalistische Deutschland ausreisen zu dürfen. Ich war mit diesem Staat fertig - aber er nicht mit mir. Noch am selben Tag, als ich den Brief überreichte, erhielt ich den Auftrag, meine persönlichen Sachen aus dem Büro zu nehmen und das Betriebsgebäude zu verlassen. Nun stand ich auf der Straße, wie die Arbeiter in der Tagesschau aus dem Westen, schoss es mir in den Kopf.

Schon am nächsten Tag lief ich von Firma zu Firma und fragte nach einer Arbeit, doch sie wussten scheinbar alle Bescheid. Wie war das möglich? Keiner war bereit, mich einzustellen. Selbst als Hausmeister bewarb ich mich und bekam auch dort eine Absage.

Seitdem ich meine berufliche Lehrzeit als Agrotechniker abgeschlossen hatte, waren viele Jahre vergangen. Ich wollte es versuchen, mit meinem damaligen Chef zu sprechen und nach Arbeit zu fragen. Schließlich hatte ich dort einen sehr guten Ruf hinterlassen. Ich telefonierte, und tatsächlich waren fast alle bekannten Kollegen noch in derselben Firma. Der Direktor erinnerte sich an mich und fragte: "Wann kannst du anfangen? Komm, wir haben eine Wohnung für dich und über alles andere sprechen wir persönlich." Ich war glücklich und saß im Zug von Berlin aus auf den Weg direkt in meine Heimatstadt, an die Spree. Die Wohnung, die ich vorfand, bestand aus einem seit Jahren unbewohnten Bauernhof mit einem zerfallenen Wohnhaus und einem gegenüberliegenden Stallgebäude. Es gehörte einmal einer Bauernfamilie, die bei Nacht und Nebel, Hals über Kopf, mit Sack und Pack, noch vor dem Mauerbau, in den anderen Teil Deutschlands geflohen war. Sonnenstahlen fielen auf die Holzdielen der vier Zimmer, die seit scheinbar ewiger Zeit den Weg durch das offene Dach fanden und den einzigen Bewohnern die Rattenrücken wärmten. Das große Wohnzimmer lag noch trocken überdacht und schien mir der einzige bewohnbare Raum zu sein. Viel Arbeit lag vor mir, um dieses einst sicher schöne

Grundstück in neuem Glanz erstrahlen zu lassen. Täglich nach der Arbeit investierte ich nur meine Muskelkraft, alle Materialien wurden mir von der Firma kostenlos zur Verfügung gestellt. Ich ging mit neuem Elan in eine Zukunft.

Es war obligatorisch, dass jede arbeitsfähige Person eine Kaderakte besaß, die beim Wechsel in eine neue Arbeitsstelle der neuen Firma per Kurier zugesandt wurde. Von dem Inhalt dieser Akte bekam die betreffende Person keine Kenntnis, denn dieser war streng vertraulich. Was mir bei meiner neuen Arbeitsstelle zu Hilfe kam, war der Postweg, den meine Kaderakte aus Berlin zu überwinden hatte.

Seit drei Wochen arbeitete ich nun in der neuen Anstellung, reparierte Traktoren, Anhänger und alle andere Dinge, die gerade notwendig waren, als mein Chef mit seinem hellgrünen Moskwitsch (ein PKW aus russischer Produktion) auf dem Firmenhof erschien. Unsere Blicke trafen sich und sein Weg steuerte direkt auf mich zu. „Habe heute deine Kaderakte bekommen." Er machte eine lange Pause, schaute mit seiner kleinen Statur zu mir hoch und führte seinen Satz zu Ende mit: „Ist mir egal, was in Berlin war." Ich unterbrach meine Arbeit, sah in seine hellblauen Augen und antwortete mit einem ehrlichen: „Danke, Herr Sawanskin." Ich hatte eine gutbezahlte Stellung und warmherzige Kollegen: Krause, der immer etwas laut mit dem Hammer auf den Amboss schlug, um Aufmerksamkeit zu bekommen und dann zu erklären, was Begriffe aus der Rechtswissenschaft bedeuteten, Helmut, der Werkstattmeister, ein sehr kleiner, leiser Mann mit einer Brille, die einer Lupe glich. Es waren einfache Bauern, die mit ihrer Hände Arbeit ehrlich durchs Leben gingen.

Die Welt war für mich wieder in Ordnung, bis auf die schmutzige Arbeit, die durch das Motorenöl und das Fett die Bürohände wieder zu Arbeiterhänden formten. Ich war der Meinung, auch ich könnte mich hier noch hocharbeiten und vielleicht noch einmal studieren.

Eines Tages erhielt ich vom Rat des Kreises eine Vorladung. Es betraf meinen Ausreiseantrag. Die Dame in diesem Büro, wegen ihrer Kleidung

"Präsentröckchen" genannt, reichte mir einen Laufzettel. Ich wusste bereits von Freunden, die auch einen Ausreiseantrag gestellt hatten, dass der Laufzettel die Genehmigung zur Ausreise bedeutete. Auf alles war ich gefasst, nur nicht darauf, dass ich ausreisen durfte. Mit Luftsprüngen vor Freude verließ ich das Gebäude auf dem Bahnhofsberg. Ich musste mit diesem Laufzettel viele Verwaltungen und auch die Staatsbank aufsuchen und deren Unterschriften einholen. Ich ließ keine Zeit verstreichen, um alles schnell zu erledigen. Nun wartete ich auf den Termin der Ausreise. Es folgte eine neue Vorladung. Diesmal forderte die Dame mich auf, dass ich noch vor der Ausreise in Berlin mein Haus verkaufen müsste. Der Kaufvertrag wäre nur eine Formsache. Es hieß hinter vorgehaltener Hand, ein Mann von der Staatsicherheit wäre der neue Besitzer. Meine eigenen Investitionen und Leistungen wurden mir bei diesem Vertrag nicht erstattet. Es war wirklich nur eine staatliche Formsache. An diesem Tag war es mir auch nicht mehr wichtig, da ich das Land verlassen wollte. Ich ersuchte um einen neuen Termin beim Rat des Kreises. Die Dame beim Kreis sagte mir: „Sie dürfen nicht ausreisen, da sie Geheimnisträger sind." Nun hatte ich mein Haus verschenkt und stand wieder am Anfang. Ich war mit diesem Laufzettel betrogen und getäuscht worden.

Jetzt stand ich da, als Feind des Staates, ohne Zukunft. Ich entschloss mich, als Gegenreaktion unbequem zu werden und konsequent gegen den Staat zu kämpfen. Inzwischen wusste ich, dass andere Dissidenten sich jeden Montag in einer Gaststätte um 19:00 Uhr trafen.

Um unangenehm aufzufallen, wurde ich Mitglied dieser Runde. Wir organisierten Proteste, besuchten die Kirche am Markplatz, die von der Staatsicherheit beobachtet wurde. Eine besondere Aktion von uns Dissidenten bestand aus einer kleinen, schmalen, weißen Schleife. Diese circa drei Zentimeter breite und vierzig Zentimeter lange Schleife wurde für die Staatssicherheit zu einer Bedrohung, wenn diese am Rückspiegel der Autos im Fahrtwind dahinflatterte.

Jeder wusste Bescheid, dass dieser Autobesitzer einen Ausreiseantrag gestellt hatte.

Ich war stolz, als diese Schleife an meinem Auto meinen Willen zur Freiheit bekundete. Nach wenigen Tagen erhielt ich eine Karte vom Polizeipräsidium mit einem Termin, im Präsidium persönlich zu erscheinen. Eigentlich dachte ich, es ginge eventuell um ein Verkehrsdelikt. Denn diese Dienststelle der Polizei war hautsächlich für Verkehr sowie Zulassung von Fahrzeugen und für das Meldewesen zuständig.

Ich nahm diesen Termin gehorsam wahr, meldete mich in dem angesagten Zimmer. Ein guter Bekannter saß mir gegenüber, der Kommissar Herr Becker. „Was ist passiert?", fragte ich. „Bin ich zu schnell gefahren?" „Nein", antwortete er mir, „es geht um die Zulassung deines PKW." „Waaas?", fragte ich, „mein Wolga ist fast neu, was stimmt da nicht?" „Hmm", brummte er nachdenklich und sah mir in meine Augen. Sein wettergegerbtes Gesicht mit den dicken, von kleinen blauen Adern durchzogenen Wangen und dem davon fast zerdrückten Mund war rot vor Verlegenheit. „Du hast an deinem Rückspiegel eine weiße Schleife, das ist gegen die Zulassungsverordnung." „Was? Ist der PKW deshalb nicht mehr verkehrstüchtig?", fragte ich empört. „Ich muss die Fragen stellen und deine Antwort zu Protokoll bringen", erwiderte Kommissar Becker, wobei seine Gesichtsröte nun bis zum Hals reichte. „Also, was bedeutet diese Schleife?" Ich verstand natürlich die Situation, in der sich Genosse Kommissar befand. Ich überlegte etwas und war mir darüber klar, dass ich jetzt gut überlegt antworten musste. „Ja, es ist so...", begann ich, während ich langsam sprach und etwas Zeit brauchte, um mir eine Geschichte auszudenken. „Meine große Schwester studiert Medizin und sie hat ihre erste große Prüfung, ihr Vorphysikum, bestanden. Aus Freude habe ich diese Schleife an mein Auto geheftet." Der Kommissar konnte sich schwer das Lachen verkneifen und schrieb, den Kopf tief auf den Schreibtisch gebeugt, etwas auf. Er sah mir in die Augen und forderte mich auf, diese Schleife aber nun vom Fahrzeug zu entfernen, sonst hätte das schwere

Konsequenzen für mich. Ich stimmte zu und verließ das Polizeigebäude.

Inzwischen hatte ich gehört, dass einige Fahrzeugbesitzer mit einer Schleife am Auto den Führerschein abgeben mussten, weil sie der Aufforderung, die Schleife zu entfernen, nicht nachgekommen waren. Also entschloss ich mich, diese Schleife zu entfernen und nun einen anderen Weg für meinen Protest zu gehen. Ich nahm Urlaub und reiste nach Berlin. Der Sender Rias Berlin berichtete von Besetzungen in der Ständigen Vertretung der BRD in Ostberlin. Einige hatten bereits dadurch ihre Ausreise nach Westberlin ermöglicht. Ich parkte mein Auto in der Friedrichstraße. Wie ein Tourist spazierte ich die Straßen entlang. Ein wenig war ich aufgeregt, denn ich plante nach DDR Recht eine Straftat. An der Straßenecke unweit der Vertretung erkannte ich bereits das Emblem der BRD. Vor dem Eingang standen zwei Polizei- Posten in der grünen DDR-Uniform. Sie bewachten also den Eingang der Vertretung. Ich sah, dass der Eingang aus einem breiten Metalltor für die Einfahrt der PKWs und einer Tür für das Passieren der Fußgänger bestand. Ich kontrollierte von der gegenüberliegenden Straßenseite im Vorbeigehen die genaue Situation. Nach ca. 500 Metern überquerte ich die Straße, an der sich die Vertretung befand und lief zurück. In Bruchteilen von Sekunden schwang ich mich über das Tor der PKW-Einfahrt und stand nun auf dem Territorium der Bundesrepublik Deutschland. Ich konnte mir ein schadenfrohes Lächeln an die völlig überraschten Polizisten nicht verkneifen. Über wenige Stufen betrat ich den Vorraum der Vertretung. Hier saßen Männer und Frauen mit Kindern und besetzten durch ihre Anwesenheit die Vertretung der BRD. Links sah ich durch eine offene Tür in ein Büro. An einem Schreibtisch saß, in einen dunkelblauen Anzug gekleidet, ein Mitarbeiter der Vertretung. Er bat mich einzutreten. Ich setzte mich und erzählte meine Lebensgeschichte. Nach wenigen Minuten reichte eine Mitarbeiterin ihm eine Akte mit meinem Namen. Ich war überrascht, dass hier über mich eine ziemlich dicke Akte existierte. Ein roter Streifen verlief diagonal über den Aktendeckel. Natürlich machte mich das froh und gab mir Hoffnung, bald meine Ausreise zu bekommen, denn ich erkannte die Aufschrift „Dringend". Der Mitarbeiter blätterte in der Akte und schien wenig berührt von meiner Schilderung. Er sah auf seine Armbanduhr und sagte: „Wenn Sie jetzt die Vertretung verlassen, haben sie sich nicht strafbar gemacht. Es liegt in Ihrer Hand." Ich fühlte mich wie gesteinigt, glaubte mich bis zum Kopf in Sand eingegraben und spürte, wie die erhofften Retter Steine in mein Gesicht warfen. Ich stand auf und verließ, nachdem der Schließmagnet der Außentür brummte, das Gelände der Vertretung der BRD. Vor dem Gebäude stellten sich beide Polizisten mir in den Weg und verlangten meinen Personalausweis. Ich reichte einem der dort diensthabenden Polizisten meinen Ausweis, er las für wenige Sekunden die Daten, sah mir in mein Gesicht und gab ihn mir zurück. Ich war erstaunt, dass ich unbehelligt weitergehen konnte. Enttäuscht fuhr ich nach Hause.

Auf der Heimfahrt wurde mir klar, dass ich einen neuen Plan brauchte, um das Land zu verlassen. Frühere Fluchtgedanken kamen meinen Wünschen wieder näher. Aber wie? Das war die große Frage. Es musste etwas Neues sein, denn vorherige Fluchtwege konnten oft nur einmal gelingen. Das war mir klar und mein Leben wollte ich möglichst nicht aufs Spiel setzen. Ein kleines U-Boot bauen? Was mache ich mit dem CO_2, das beim Ausatmen entsteht. Nein, besser ist der Luftweg, Fliegen mit einem Fluggerät. Das müsste ich hinkriegen. Ein Ballon, tausend Meter Stoff, nein, das fällt auf. Ich war zuhause angekommen und legte mich schlafen. Es klopfte an meiner Tür, und die Nachbarin sprach sehr leise zu mir: „Wissen Sie, dass Sie beobachtet werden?" „Beobachtet?", fragte ich. „Ja, ein Lada steht tags und nachts in der Seitenstraße. Ich denke, die sind von der Stasi", flüsterte sie. „Aber ich habe nichts gesagt", fügte sie ermahnend hinzu. „Nein, danke", erwiderte ich und legte meinen Zeigefinger betonend auf den Mund. „Gute Nacht!", rief ich ihr noch nach, bevor sie im Dunkeln hinter der angrenzenden Kirchenmauer verschwand.

Ich machte nach dieser Mitteilung noch ein paar Schritte auf den Hof, schloss das breite Tor zur Einfahrt ab und setzte mich auf die Holzbank draußen vor der Eingangstür. Ich brauchte einen guten Plan für meine Flucht. ‚Mit selbstgebautem Fluggerät?', ging es mir durch den Kopf. Entdeckt zu werden, war die größte Gefahr, denn ich konnte niemandem mein Geheimnis anvertrauen. Ich beschloss, mich für heute schlafen zu legen und sperrte die schwere Eichentür diesmal besonders prüfend zu. Wie schon in meiner Kindheit ließ ich den Schlüssel zur Sicherheit von innen stecken.

Der nächste Tag fiel auf einen Sonnabend. Ich besuchte einen Bekannten, den ich bat, einen Metallbolzen für einen Deckel zur Abwassergrube anzufertigen. Dieser Bekannte, Richard, betrieb privat eine kleine mechanische Werkstatt mit einer Drehbank und einer Metallfräse sowie Schweiß- und Schneidgeräten. Wir kamen ins Plaudern von Metallen und der Natur.

Begeistert erzählte er mir von seinen Bienen, allerdings meinte ich die zweibeinigen. „Nein", berichtigte er mich lachend., „ich meine die sechsbeinigen mit Flügeln. Du hast doch ein Grundstück draußen auf dem Land. Warum schaffst du dir nicht ein paar Völker an?" „Ja, aber...", antwortete ich langatmig, „die stechen und das ist doch etwas für Rentner und nicht für mich." Da machte er mir den Vorschlag: „Komm doch morgen mit zur Versammlung und höre dir erst einmal alles an." Ich hatte eh nichts zu tun und so stimmte ich zu. Nach wenigen Stunden wurde ich Mitglied im Imkerverband. Die Bibliothek in unserer Stadt war reichlich ausgestattet mit Fachbüchern über Bienen. Ich las und lernte, wie sozial ein Bienenvolk lebt, über Krankheiten, Fütterung und die Ernte der Honigerträge in dem Bienenvolk. Natürlich erhielt ich auch die Antwort auf meine Fragen, wer kauft dann meinen Honig und was bekomme ich für ein Kilogramm Bienenhonig. Mein Freund Richard zeigte mir staatliche Mitteilungen über die garantierten festgesetzten Ankaufspreise und das

Abnahmeversprechen des Staates. Ich rechnete und kalkulierte. Der Staat zahlte mir für jedes Kilogramm Honig 14,00 Mark. Es war viel Geld und überzeugte mich, mit dem Imkern anzufangen. Sofort suchte ich die Annoncen in der Fachzeitschrift nach Bienenverkäufen durch. Ein Angebot gefiel mir besonders, denn der Imker verkaufte 11 Bienenvölker mit einem Ein-Achs-Wanderwagen. Ich war in einer Woche vom Neuling zum Imker mit einem Wanderwagen geworden. Der Kalender zeigte bereits September. Die Honigvorräte hatte der frühere Besitzer bereits ausgeschleudert. Wovon sollten die Bienenvölker jetzt leben, fragte ich meinen Freund Richard. „Du musst Zucker kaufen und diesen mit Wasser zu einem Sirup verkochen," Belehrte er mich. Ich rührte in einem 20 Liter-Topf den Sirup und stellte Futternäpfe in die Behausungen der Bienenvölker. Es folgte ein langer Winter mit Schnee und Kälte. Ende April schienen die ersten wärmenden Sonnenstrahlen auf die Front meines Imkerwagens und ich hoffte, dass sich nun die Bienen auf die Kirschblüten stürzten. Es blieb verdächtig still, kein Summen, nur ein paar vereinzelte Bienen untersuchten die Umgebung. Ich öffnete vorsichtig das Fenster im Innern der Beuten (so nennt man die Bienenwohnungen). Es war ein trauriger Anblick. Die Bienenvölker waren trotz voller Futternäpfe mit Zuckersirup verhungert und haben den Winter nicht überlebt. Ich hatte die Fütterung viel zu spät begonnen. Es häuften sich bergeweise tote Bienen. Ich hatte Lehrgeld bezahlt, das schreckte mich jedoch nicht zurück, in Zukunft alles besser zu machen. Ich hatte gelernt und kannte die Ursachen, warum die Bienen trotz Futter verhungert waren. Noch im Monat April besetzte ich den Wanderwagen mit zwanzig Bienenvölkern, die ich bei Imkerfreunden aus unserem Verband kaufte. In unserem Dorf roch es nach Kirschblüten, Frühlingsblumen. Auch die Apfelblüten zeigten ihre weißen Blütenblätter mit dem gelben Pollen. Es begann ein reges Treiben und Summen auf meinem Hof und im angrenzenden Garten. Der Flugbetrieb hörte erst in den Abendstunden auf.

Dann lauschte ich an den Flugbrettern der Beuten und beobachte den Tanz der Bienen. Es war faszinierend, zu beobachten, wie diese intelligenten Insekten funktionierten. Mein Blick für die Natur erweiterte sich, denn ich lernte nun, welche Trachten für die Bienen im Jahr als Futter und für mich für die Honigernte dienten. Auch meine handwerklichen Kenntnisse wurden gefordert, denn es mussten ständig Zwischenwände gelötet werden damit die Bienen neue Waben mit ihren Wachsdrüsen bauen konnten. Noch im selben Jahr begab ich mich mit meinem Bienenwagen auf Wanderschaft. Ich meldete mich im Havelland zur Einwanderung in die dortigen Obstplantagen an. Ein Lastkraftwagen transportierte den Wanderwagen- nur nachts war die Wanderung möglich- an den vorgesehenen Stellplatz, eine Apfelbaumplantage. Soweit das Auge sehen konnte, nur Obstbäume in voller Blüte bedeckten das Land. Die Arbeit an den Bienenvölkern verrichtete ich von sonnabends früh bis in den späten Abend des Sonntags. Mein PKW stöhnte von der Last der schweren Honigkannen, die ich jede Woche nach Hause transportierte. Die Arbeit hatte sich ausgezahlt. Die Lage der Obstplantagen und deren Straßennetz interessierten mich indessen besonders in Bezug auf meinen Fluchtplan. Das Havelland lag unweit der Berliner Mauer und der Staatsgrenze nach Westberlin. Ich hatte einen Verdacht, auch durch die Information der Nachbarin, dass ich weiterhin von der Staatssicherheit überwacht werde. Ich wollte es genau wissen und erdachte einen Plan. Bevor ich meine Wohnung verließ, spannte ich eine sehr dünne Angelsehne von innen vor meine Eingangstür, zwischen dem Türrahmen und dem Türpfosten. Sollte sich jemand unerlaubt Zutritt verschaffen, musste er diese Angelsehne unbemerkt zerreißen. Ich machte es mir zur Gewohnheit, vor dem Öffnen der Haustür die Angelsehne auf Versehrtheit zu überprüfen. Fast hätte ich nach einiger Zeit schon damit aufgehört, als eines Tages die Sehne zerrissen war. Nicht nur das, sondern auch Fußspuren von schmutzigen Sohlen konnte ich erkennen. Es fehlte aber nichts von meinen Geständen, somit wurde nicht eingebrochen.

Es waren also die Stasi-Leute, die sich keine Mühe machten, ihr Eindringen zu verheimlichen. Ich dachte lange nach, um mir ein Bild machen zu können. Waren die Fußspuren eine Warnung an mich oder nur Dummheit der Eindringlinge? Ich fand keine Antwort. Eins wurde mir jedoch noch klarer. Wenn ich mein Fluggerät bauen wollte, musste ich es besonders klug anstellen.

Meine private Bibliothek bestand bereits aus vielen technischen Fachbüchern über den Bau von Flugzeugen. Somit musste ich mich nicht durch den Kauf solcher Bücher verdächtig machen, denn die Stasi überwachte besonders alle Veränderungen im Verhalten der beobachteten Personen.

Zuerst hatte ich die Entscheidung zu treffen: welches Fluggerät ist sehr klein, benötigt wenig Aufwand und ist geeignet für einen einmaligen Flug von ca. 50 Kilometern. All diese Anforderungen erfüllte ein Motordrachen. Somit beschloss ich, mit der theoretischen Vorbereitung zu beginnen. Für den Antrieb wählte ich einen Motorradmotor von einem Motorrad aus der DDR-Produktion, MZ ETZ, 250

Kubikzentimeter Hubraum und 23 PS Leistung aus. Dieser Motor war klein und hatte nur wenig Gewicht. Eine der größten Herausforderungen bestand in der Konstruktion der Luftschraube.

Ich fertigte diese aus einem Träger-Rohr-Holm, dessen zwei Luftschraubenblätter zu je 180 Winkelgraden in der Luftschrauben-Nabe steckten. Das Profil hatte ich aus Glasfaser- beschichtetem Kunststoff gestaltet. Natürlich war die Kurbelwelle nicht für einen axialen Druck ausgelegt, denn die Luftschraube befand sich am Ende hinter meinem Sitz und erzeugt einen Schub in Fahrtrichtung. Mein Imkerfreund Richard fertigte mir für den Anschluss an die Kurbelwelle und die Aufnahme eines Axiallagers die entsprechenden Teile. Damit er keine weiteren Fragen stellte, erklärte ich ihm, dass ich für meine Bienen ein Notstromaggregat, welches in der DDR privat kaum zu bekommen war, herstellen möchte. Sein Blick, den er über seine Brille hinweg zuwarf, die er auf die Nasenspitze schob, bestand aus Fragen und Zweifel - glaubte ich wenigstens. Vielleicht war es auch nur so ein Gefühl, weil ich nicht die Wahrheit gesagt hatte. Aber konnte ich sicher sein, dass er nicht auch ein Spitzel war? Das Risiko, ihn einzuweihen, war viel zu groß für mich, also musste ich lügen.

Das Thema war damit für Ihn und mich erledigt.

Das Fahrwerk und das Tragwerk sowie die Steuerung bestanden aus Leichtmetallrohren. Meinem Erstaunen nach waren sie sogar aus Speziallegierungen, die es mit russischen Herstellerzeichen im Handel zu kaufen gab. ‚Diese Rohre sind wie für mich gemacht', dachte ich. Der Rahmen mit Sitz und Rädern bestand aus einem Aluminium-Hohlprofil. Drei luftbereifte Räder, sonst für Schubkarrenräder vorgesehen, kaufte ich im Geschäft für Werkzeuge. Es vergingen Wochen, bis ich zuerst einmal den Motor, der auf dem Hauptträger - wegen der Vibration auf Gummipuffern - ruhte und an dem nun die Luftschraube befestigt war, auf seine Leistung ausprobieren konnte. Alle Profilteile, den Rahmen und den Hauptholm, an dem später der Drachen aufgehängt werden sollte, hatte ich auf Hundert-Zentimeter-Längen zersägt und diese für den Zusammenbau dann mit Kupplungen zusammensteckbar vorbereitet. Es musste alles für den Transport zur Startstelle in meinen PKW-Kofferraum passen.

In einer Frühlingsnacht, es war ein Sonntag, beschloss ich den Probelauf, um Fahrwerk und Schubleistung der Luftschraube zu testen. Ich hatte vorher ein Versuchsgelände ausgespäht und war mir sicher, dass ich dort für den Probelauf das Fahrwerk mit Motor und Luftschraube ausprobieren konnte. Natürlich musste ich mit Zufällen rechnen, ob nicht gerade ein Förster oder ein Spaziergänger doch noch unterwegs war. Trotz Schalldämpfer, auf den ich nicht verzichten konnte, hörte man den Motor natürlich. Mich beruhigte der Gedanke, dass jeder, der dieses Motorgeräusch wahrnahm, es als unverdächtig und somit als eine MZ ETZ identifizierte. Mit der Bezeichnung ES wurde das Motorrad im täglichen Sprachgebrauch benannt.

Die Spree schlängelte sich durch Wälder und Wiesen. Ein zwei Meter hoher Damm führte beidseits der Spree, um bei Hochwasser einer

Überschwemmung vorzubeugen. Auf diesem Hochwasserdamm führte ein Weg für Fußgänger und Radfahrer bis in die benachbarten Ortschaften. Ich hielt diesen Dammweg für meinen Versuch als geeignet. Hinter einer Brücke führte ein Sandweg in ein Dorf.

Rechts der Straße begann der Hochwasserdamm, in den ich nicht weit einsehen konnte, da die angrenzenden Eichenbäume die Dunkelheit über dem Damm verstärkten. Ich blieb für längere Zeit - ich weiß nicht, wie lange - im Auto sitzen. Es war bereits Mitternacht, denn die Turmuhr in der schlafenden Stadt schlug zwölf. Das nie ruhende Wasser der Spree plätscherte leise über die vom Krieg verbliebenen Betonreste der alten gesprengten Brücke. Ich stieg aus meinem Auto, öffnete den Kofferraum und nahm die Teile des Rahmens, die ich in einem Sack verstaut hatte, heraus. Ich ließ das Auto zurück und lief mit dem Sack auf den Damm, in die Dunkelheit. An der Dammböschung legte ich den Sack etwas versteckt im Gras ab.

Dann lief ich schnell zum Auto zurück und trug den Motor und die Luftschraube zum vorgesehenen Platz. Zuhause hatte ich das Zusammenbauen bereits mehrmals geübt, aber es war immer hell dabei gewesen. Jetzt musste ich alles im Finstern montieren. Eine kleine Taschenlampe, die ich im Mund hielt, half mir beim Finden der passenden Steckverbindungen. Es waren sicher dreißig Minuten vergangen, als der Rahmen mit Motor und Luftschraube endlich auf dem Fahrwerk standen. Ich schwitzte vor Aufregung und hatte richtige Angst, doch noch entdeckt zu werden. Nun den Benzinhahn auf Durchgang, die Zündung zeigte auf Rot. Dann den Kickstarter langsam herunterdrücken. So wie die Kurbelwelle vom Kickstarter gedreht wurde, drehte sich auch die Luftschraube um eine halbe Umdrehung. Der Motor hustete ein wenig. Ich wollte jetzt endlich den Motor zum Laufen bringen. Ich zog mit voller Kraft am Kickstarter-Hebel nach unten, der Motor puffte ein wenig und lief sofort rund. Ich setzte mich nun in den Sitz, legte meine Füße auf den Pedalen des Bugrades ab und gab nun Vollgas. Der

Drachenrahmen rollte über den Dammweg mit immer schneller werdender Geschwindigkeit. Ich empfand ein unbeschreibliches Glücksgefühl. Nach etwa einhundert Metern wendete ich meinen Drachen ohne Tragwerk, rollte mit Motorkraft zurück zum Ausgangspunkt, wo ich meinen Sack für die Teile hinterlassen hatte. Als Erstes entfernte ich den Motor mit Luftschraube und trug alles möglichst unauffällig wieder zurück in den Kofferraum meines PKW. Danach packte ich alle Rahmenteile wieder zurück in den Sack. Alles wieder sicher im Auto verstaut, verschnaufte ich ein paar Minuten und musste zuerst einmal den geglückten Versuch verarbeiten. Ich ließ den Motor von meinem PKW Wolga, GAZ-24 an, schaltete die Scheinwerfer ein und führ langsam und vorsichtig nach Hause. Ein flackerndes Licht kam mir entgegen. Ich erkannte einen Mann auf einem Fahrrad. Gut, dass ich mit meinem Experiment rechtzeitig fertig bin, ging es mir durch den Kopf. Ich überquerte die neue Spreebrücke und verließ den Stadtrand in Richtung meines Heimatdorfes. Hoffentlich traf ich nicht auf die Stasi-Leute vor meinem Haus. Aber auf der Landstraße hinter dem Ortseingangsschild parkte kein Auto. Hinter der großen Kirche mit ihrem langen Kirchenschiff aus Gotischer Zeit bog ich schnell in meine Einfahrt und passierte den Hof. Hastig verstaute ich den Motor und die Luftschraube in meinem Bienenwagen.

Sollte es entdeckt werden, hatte ich mir schon als technische Erklärung die Nutzung der Windkraft ausgedacht. Mir war bekannt, dass die Informanten der Stasi sich nicht in allen Bereichen auskannten. Natürlich war ich niemals sicher, denn ich konnte ja auch einmal auf einen Experten treffen.

Unsere Firma, eine Landwirtschaftliche-Produktions-Genossenschaft, auch kurz LPG genannt, besaß viele Hektar Ackerland und zusätzlich eine Tierproduktion mit vielen Tausend Rindern. Im September, zur Hackfrucht-Ernte, fehlten immer Arbeitskräfte. Es war jedes Jahr obligatorisch, dass Studenten und auch Soldaten der russischen Armee bei der Ernte halfen. Für die Studenten galt dieser, für die LPG fast kostenlose Ernteeinsatz, als gesellschaftliche Arbeit, die für ihre berufliche

Karriere besonders zählte. Die sehr jungen Soldaten der russischen Armee aus der benachbarten Kaserne entkamen für wenige Stunden ihren harten Tagen in der Kaserne. In der russischen Armee war Prügelstrafe eine Form der Erziehung und Unterwerfung. Ich erlebte es einmal selbst, als eine russische Armeestreife eines Nachts einen Soldaten aufgriff, ihn mit Ketten bewusstlos schlug und dann wie ein Stück Holz auf die Ladefläche eines LKW warf, wo er bewegungslos abtransportiert wurde.

Die Kartoffelernte war voll im Gange. Eine russische Kompanie, zirka 30 Soldaten, lasen hinter der Kartoffelerntemaschine die restlichen Kartoffeln aus dem Boden. Die fünf Offiziere, die als Aufsicht über die Soldaten wachten, saßen an einem Tisch am Feldrand, tranken Bier und labten sich an den reichlich mit Schinken und Wurst belegten Broten. Die Sonne kündigte mit ihren rötlichen, immer schwächer werdenden Strahlen das Ende des Tages an.

Die Kartoffelkampagne nahm ihr Ende. Als Dankeschön organisierte die Firma einen bunten

Abend mit Kulturprogramm, Tanz, sowie kostenlosem Essen und Trinken für alle Erntehelfer. Bis in den frühen Morgen wurde gefeiert und besonders auch getrunken. Der Wodka floss buchstäblich in Strömen. Obwohl die russische Seele an Wodka gewöhnt ist, glaube ich, hielten sich die Soldaten vorbildlich, während die Offiziere sich besonders betrunken hervortaten. Ein Offizier mit drei Sternen auf den Schulterklappen und damit der Ranghöchste, torkelte von Tisch zu Tisch. Ich beobachtete ihn, wie er mit einem Brigadier in ein Gespräch vertieft war, ihn am Ärmel festhielt und immer wieder auf ihn einredete. Ich verstand rein gar nichts, denn die Musik und der Lärm der Besucher ließ kein klares Wort an mein Ohr. Etwas genervt und hilflos, traf mich der Blick meines Kollegen, der scheinbar nicht dem Griff des Offiziers entkommen konnte. Die Musikkapelle machte eine Pause. In diesem Moment ließ der Offizier vom Brigadier ab, fasste einen Regenschirm aus dem nahestehenden Garderobenständer und hielt ihn gleich einer Maschinenpistole auf die umstehenden Personen

gerichtet. Mit dem Mund ahmte er das Schussgeräusch einer Maschinenpistole nach. Er rief: Alle Deutschen erschießen!" Es wurde sehr still in diesem Moment. Mir wurde warm. Ich ging nach draußen. Einer der Offiziere, Igor, stand an der Hauswand und rauchte eine Zigarette. Wir kamen ins Gespräch, er war erstaunlich nüchtern. Ich fragte nach seiner Familie und wollte wissen, wie lange er noch hier in Deutschland dienen musste.
„Hast du ein Auto?", fragte er mich. „Ja, ich habe einen Wolga", antwortete ich. „Einen alten oder einen neuen?" fragte er weiter. „Einen neuen, einen GAZ-24", erwiderte ich stolz. „Oh, der ist gut", freute sich Igor. „Ja, er ist sehr gut, ich habe keine Probleme." „Bist du an einem Geschäft interessiert?" kam die überraschende Frage. „Hmm", ließ ich mir für einen Moment Bedenkzeit, „was ist das für ein Geschäft?" „Es ist ganz einfach und für dich besonders lukrativ", erklärte er mir, „ich liefere dir Benzin und du bezahlst mit Wodka." Ich antwortete: „Das klingt gut. Wann fangen wir an?" „Morgen Nacht." „In der Nacht?" fragte ich erstaunt. „Muss ja

nicht jeder mitbekommen, oder?", kam die spitzbübische Antwort.

Meine Wohnung lag nur wenige Meter von einer Gaststätte entfernt. Es war Wochenende und ich schlief mich richtig aus. Natürlich erinnerte ich mich an unser gestriges Gespräch mit dem russischen Offizier Igor. Aber ob er das, was er mir vorgeschlagen hatte, nun auch Wirklichkeit werden ließ, daran zweifelte ich. Ein Gespräch am Biertisch hatte für mich keine große Bedeutung. Der Tag neigte sich dem Ende zu, ich legte mich schlafen und schlief bereits fest, als mich harte Schläge gegen meine Haustür aus dem Schlaf rissen. Ich saß erschrocken im Bett, wusste nicht genau, habe ich nur schlecht geträumt oder war dieses Geräusch Wirklichkeit, als wieder Schläge meine Jahrzehnte alte, aus dickem Eichenholz gefertigte, mit Ornamenten belegte Eingangstür trafen. Ich zog mir schnell eine Hose über und ging vorsichtig an die Tür. Ich hörte, wie jemand russisch sprach. Es war Igor, der Offizier. Mit einem großen, schweren LKW stand er bereits rückwärts auf meinem Hof. Die

Ladeklappe war bereits offen. Vier Soldaten rollten ein Zweihundert-Liter-Fass an das Ende der Ladefläche und warfen es gekonnt etwas gekippt auf den Sandboden meines Grundstücks. Ich war total überrascht, und die Frage, wo bekomme ich nun Wodka her, schoss mir in den Kopf. Ich erklärte Igor, dass ich noch keinen Wodka kaufen konnte, da ja am Wochenende die Geschäfte geschlossen hatten. „Ich kann dir nur eine Flasche Weinbrand geben." Igor beschwichtigte mich: „Das macht nichts, hole den Weinbrand und gibt mir Zwanzig Mark. Beim nächsten Mal kaufst du Wodka ein, okay?" Ich nickte zustimmend. Alles verlief sehr schnell. Stinkend, mit einer blauen, süßlich riechenden Abgasfahne verließ der LKW meinen Hof. Ich rollte das Fass in meine Werkstatt, die ich mir in einem kleinen ehemaligen Hühnerstall eigerichtet hatte. Ich war glücklich, denn das Benzin hatte eigentlich einen Wert von zweihundertfünfzig Mark, ein gutes Geschäft für mich. Nachdenkend, zufrieden legte ich mich wieder schlafen. ‚Und wenn in dem Fass nur Wasser ist?', schreckte ich auf. Also Hose an, wieder in meine

Werkstatt. Ich rollte das Fass so, dass die Schrauböffnung nach oben zeigte. Mit einem Vierkant drehte ich den Verschluss auf, steckte meine Nase dicht an die Öffnung. Es roch wirklich nach Benzin, ja, es war Russenbenzin, denn das roch immer anders als das Benzin von den deutschen Tankstellen. Nun mit allem zufrieden, schlief ich wieder fest ein. Mein Plan zur Flucht lag im Zentrum meiner Gedanken. Mir musste der Spagat zwischen unverdächtig und unbequem gegenüber dem Staat gelingen. Ich entschied mich für legal unbequem. Jeden Monat schrieb ich einen Brief an Erich Honecker.

‚Sehr geehrter Staatsratsvorsitzender Genosse Erich Honecker,

ich bin davon überzeugt, dass sie nicht genau über den wahren Zustand unserer DDR informiert sind. Ich kann mir sehr gut vorstellen, dass Ihre Mitarbeiter die Berichte an Sie über unser Land nicht der Wirklichkeit entsprechend verfassen. Ich betrachte es als einen nicht wiedergutzumachenden Fehler, ein ganzes Volk auf einem bestimmten Territorium festzuhalten. Das Kapital unseres Landes sind die Menschen, mit ihren Fähig- und Fertigkeiten. Wenn aber der Staat die Menschen einsperrt, sie nicht reisen lässt, ist eine Vorwärtsentwicklung durch Bildung und Erlangung neuer Erkenntnisse, wie auf einer Insel ohne Kontakt zur Außenwelt, nicht möglich. Es gab eine Phase, genannt „Störfreimachung", die von der Parteiführung zum Gesetz ernannt wurde. Die Erklärung „Störfreimachung" war ein Versuch, alle Exporte und Importe ausschließlich nur in und aus Richtung sozialistischer Länder abzuwickeln. Obwohl bereits ein Sechstel der Erde sozialistische Länder sind, gelingt es nicht, die notwendige Versorgung, ohne die kapitalistischen Staaten zu sichern. Die Ursachen liegen hierfür aus meiner Sicht in der existierenden Mangelwirtschaft, verursacht durch die staatlich nicht funktionierende Planwirtschaft. Wie kann es sein, dass ein Exportvertrag für Maschinenlieferungen in das NSW nicht erfüllt werden kann, weil das Elektromotorenwerk Wernigerode Planrückstände bei der Fertigstellung der Elektromotoren aufweist. Der Betriebsleiter vom Elektromotorenwerk begründet die Lieferschwierigkeiten durch den Produktionsausfall in der Gießerei. Es kam in der Gießerei zum Stillstand, weil es an Aluminiumbarren fehlte. Ich habe keine große Hoffnung, dass es zu notwendigen Veränderungen in der DDR kommen wird. Aus diesem Grund habe ich bereits durch mehrfache offizielle Ausreiseanträge bekundet, die DDR zu verlassen.

Ich bitte Sie, Genosse Erich Honecker, meine Ausreise zustimmend zu bewerten.

Mit sozialistischem Gruß

Robert Hammer'

Zu meinem Erstaunen erhielt ich vom Büro Erich Honecker eine Eingangsbestätigung meines Briefes. Es war eine vorgedruckte Karteikarte, ohne auf den Inhalt meines Briefes einzugehen.

Das Jahr bewegte sich langsam auf den Monat Mai zu. In der letzten Aprilwoche klopften zwei Herren an meiner Haustür. Sie baten mich höflich, zur Klärung einer Angelegenheit mitzukommen. Ich folgte dieser Aufforderung und wir fuhren gemeinsam mit dem Fahrzeug dieser Herren in die Stadt. Der PKW vom Typ Lada bog in eine kleine Straße ein, die in einem Kreis mit zwei Ausfahrten endete. Ich wusste, wo wir uns befanden. Der Fahrer parkte das Auto vor einer Tür, direkt am Hintereingang der Bezirksgerichte. Das große Gerichtsgebäude ragt hoch über die Stadt. Vor über 200 Jahren wurde das Gebäude auf einem Berg errichtet. Seit dieser Zeit ist dieser Berg als Gerichtsberg den Einwohnern der Stadt bekannt. Hatte einmal jemand mit dem Gericht zu tun, so hieß es, er muss auf den Berg. Ich erinnerte mich an meine Kindheit. Im Winter rodelten wir mit allem, was rutschen konnte, den Gerichtsberg runter. Der Berg war steiler und höher als der am Bahnhof. Doch heute war ich nicht zum Rodeln hier. Total gelassen betrat ich einen Raum. Eine lange Bank mit einem gleichlangen Tisch befand sich an der Fensterseite des sehr spartanisch eingerichteten Zimmers. Wenige Meter von der Tür entfernt stand ein Schreibtisch mit zwei Stühlen. Die Sonne warf einen Schatten vom Fenster, malte die Eisengitter etwas verzerrt an die gegenüberliegende Wand. Die Herren baten mich, Platz zu nehmen und zeigten auf die lange Sitzbank. Der eine Mann, etwas korpulent, setzt sich an den Schreibtisch, während der andere an der Tür stehen blieb, als wolle er mir verständlich machen, dass es hier kein Entkommen gäbe. „Wir haben sie hier vorgeladen, um einen Sachverhalt zu klären", begann der Mann an dem Schreibtisch. Ich schätzte ihn auf zirka 30 Jahre, gutaussehend, mit einem angenehmen Lächeln auf den Lippen. „So?", antwortete ich, war wachsam wie das Kaninchen vor einer Schlange. Ich kann es nicht erklären, weshalb ich trotzdem so ruhig und entspannt war. Ich fühlte mich geistig überlegen, glaubte ich. „Sie haben einen Ausreiseantrag gestellt?", kam die erwartete Frage. „Ja, das ist nicht ganz korrekt. Ich habe bereits 12 Ausreiseanträge gestellt", antwortete ich, noch immer gelassen. „Sie wissen bereits, dass ihre

Ausreise nicht genehmigt wurde?" „Ja, klar, das weiß ich, und?" „Sie sollten ihren Antrag zurückziehen, das wäre für sie und ihre Zukunft viel besser", meinte der Mann am Schreibtisch. Ich lachte kurz und bitter auf: „Zukunft? Machen Sie sich mal keine Gedanken um meine Zukunft." Der Mann an der Tür kam nun zum eigentlichen Grund meiner Vorladung. „In wenigen Tagen ist der 1.Mai, der Kampftag der Arbeiterklasse." Ich entgegnete: „Ja, ich habe einen Kalender und weiß das bereits." „Werden Sie demonstrieren? kam schnell die nächste Frage. „Ja, ich werde demonstrieren." „Gut", stimmte nun auch der andere Mann am Schreibtisch, scheinbar zufrieden über meine Antwort, zu, während er sich umdrehte und seinem Partner kopfnickend etwas andeutete. Es wurde einen Moment still, nur das Blättern in einer Akte mischte sich in den Gesang der Amsel, die draußen auf den alten Eichen ihre fröhliche Melodie vom kommenden Frühling verkündete. Er schloss die Akte, sah mich an und sächselte in seinem Dialekt: „Sie können gehen." „Und wie komme ich nach Hause?", platzte ich wütend heraus. „Wir sind kein Taxiunternehmen, es fahren Busse", Kam die lakonische Antwort. Ich verließ verärgert den Raum, rief noch nach: „Ich werde ganz sicher demonstrieren!"

Es war sehr unvorsichtig von mir, diese Bemerkung noch nachzurufen, denn ich sollte meinen Fluchtplan nicht in Gefahr bringen. Eigentlich war der 1. Mai neben dieser Pflichtveranstaltung von etwa einer Stunde Demonstration für die restlichen Stunden des Tages ein Feiertag mit sattem Essen, Trinken und Tanzen. Kollegen der Firmen trafen sich und blieben sehr oft in Gaststätten bis zur Polizeistunde, also bis um 24:00 Uhr. Seit meinem Ausreiseantrag hatte ich mich von diesen Veranstaltungen selbst befreit. In den Morgenstunden des 1.Mai parkte ich meinen PKW vor die Einfahrt, um zu erforschen, ob ich beobachtet werde. Im Schritttempo rollte ich bis an die Hauptstraße, stoppte verhältnismäßig lange, obwohl kein Fahrzeug die Hauptstraße passierte, sodass ich hätte anhalten müssen. Rechts konnte ich fast bis in das nächste Dorf einsehen, aber links bog die Straße nach wenigen Metern in eine Neunzig-

Grad Kurve. Ich konnte mir nicht sicher sein, dass nach dieser Kurve ein PKW der Stasi parkte. Es war ein milder, sonniger Tag und ich beschloss, an einen Berliner See zu fahren. Zum Baden war es noch zu kalt, aber zum Spazierengehen sehr gut. Ich fuhr auf die Landstraße Richtung Berlin, genoss die Ruhe, denn es waren kaum Autos unterwegs. Das Grün der Bäume und die weiten Felder in ihrer unterschiedlichsten Färbung ließen mich schwärmen über die Schönheit und Vollkommenheit der Natur. Die Tauben flogen in Scharen hoch in den Himmel, um dann wieder auf den nächsten Futterplätzen zu landen. Wie gut hat es die Taube, sie braucht keinen Reisepass, sie fliegt dorthin, wo es ihr gefällt. Ich war kurz vor meinem Ziel, dem Straus-See, einem von mir sehr geliebten Ausflugsort. Ich spazierte während meiner Berliner Zeit oft an den Ufern entlang. Ein Reklameschild für Bratwurst lockte mich, in die kommende Seitenstraße einzubiegen. Ich lachte laut, als ich mir den Werbetext auf dem Schild wörtlich auf der Zunge zergehen ließ. „20 Meter Bratwurst, 1,20 M". Im Stillen bereitete ich mich auf einen Scherz vor. Die Straße führte direkt auf den See zu. Eine leichte Brise vom See wehte den Duft nach Fisch und Algen auf das Land. Der Bratwurststand, der durch seine Rauchzeichen vom Rost nicht zu verfehlen war, sollte nun mein erstes Spaßopfer werden.

Zwei Frauen, ich vermutete, Tochter mit ihrer Mutter, hantierten fleißig hinter ihrem Verkaufstisch. „Guten Morgen!", begrüßte ich die Damen. Ein Gutenmorgen folgte meinem Gruß. „Ich möchte eine Bratwurst. Wie lang sind die Würste?", fragte ich. Die ältere Dame, schaute mich verwundert an. „Das sehen Sie doch!", meinte sie etwas verärgert und zeigte mit ihrer Bratwurstzange auf den Rost und die dort liegenden Würste. „Gut", antwortete ich sehr ernst, „ich möchte 15 Zentimeter kaufen." „Die sind alle gleich, wir messen hier nicht nach Zentimeter." Ich lächelte: „Aber an ihrem Schild steht ausdrücklich, dass sie nach Zentimeter verkaufen. Dort steht geschrieben, 20 Meter Bratwurst, 1,20 Mark. Also denke ich, dass 15 Zentimeter dann weniger kosten." Beide Verkäuferinnen sahen mich erstaunt an, dann begann ein großes Gelächter. „Das haben wir noch gar nicht bemerkt", meinte die ältere Frau lachend, „Sie haben Recht, man kann es genauso verstehen." Ich setzte mich dann mit meiner Bratwurst auf eine Holzbank an einen Tisch für die Gäste und genoss die Ruhe und den tollen Geschmack der Wurst. Das Malzbier perlte im Glas und stillte meinen Durst. Nach einigen Minuten beschloss ich, mein Auto stehenzulassen und den restlichen Weg zu Fuß zu gehen. Am Strand spazierten schon einige Wanderer, Kinder spielten mit einem kleinen Boot. Ich hielt meine Finger in das Wasser und prüfte die Temperatur. Es war noch zu kalt zum Baden. Ich sah mich etwas um, kein Bekannter war heute hier. Mein Blick, zuerst ganz ziellos, stoppte an einer angrenzenden Waldlichtung, konzentrierte sich auf zwei Männer, die mit einem Fernglas die Umgebung betrachteten. Der mit dem Fernglas sah zu mir rüber. Ich winkte freundlich zurück. Er nahm das Fernglas von den Augen und wendete sich seinem Nachbarn zu. Eigenartig ist das, ging es mir durch den Kopf. Sollten die wegen mir hier sein, um mich zu beobachten? Ich wollte es wissen. Also führte mich mein Weg direkt zu diesen beiden Männern. Sie bemerkten nicht sofort, dass ich mich ihnen näherte, schienen in ein Gespräch vertieft, denn sie fuchtelten mit ihren Händen, wie ich beobachten konnte. Inzwischen war ich nur noch etwa dreißig Meter entfernt, als sie völlig überrascht von ihrem Baumstumpf, auf dem sie saßen, aufstanden und übereilig im Unterholz des Waldes verschwanden. Nun hatte ich meinen Beweis, ich wurde auch hier überwacht. Obwohl ich auf der Fahrt hierher aufmerksam im Rückspiegel nach Fahrzeugen, die mir eventuell folgten, Ausschau hielt, hatte ich nichts bemerkt. Das war schon etwas unheimlich, da ich immer glaubte, der Stasi einen Schritt voraus zu sein. Ich war gewarnt und musste noch achtsamer werden.

In mühevoller Kleinarbeit hatte ich meinen Motordrachen fertiggestellt. In Einzelteilen auf den Zusammenbau wartend, lagerte er in meiner kleinen Werkstatt. Die Luftschraube, das einzige Teil, welches meinen Plan hätte verraten können, lag im

Bienenwagen, in Stoff gehüllt zwischen den Beuten. Der Besuch am See brachte mir die notwendige Zeit zur Besinnung auf meinen Fluchtplan. Ich stellte mir im Einzelnen alle erforderlichen Schritte bis zum Start in die Freiheit vor. Was mir noch fehlte, war der Stoff für den Drachen. Er stellt hohe Anforderungen an die Festigkeit, und musste natürlich aus einem sehr engen Gewebe bestehen, um einen Auftrieb erzeugen zu können. Ich suchte in vielen Stoffgeschäften nach dem geeigneten Material. Nichts, was ich verwenden konnte, befand sich hier im Lager. Seidenstoffe, natürlich Kunstseide, brachten nicht die genügende Festigkeit. Durch einen Zufall kam ich in eine BHG. (Bäuerliche Handelsgenossenschaft). Auf einem Metallständer ruhte eine dicke Rolle von mit Folien beschichtetem Textilmaterial.

Es wurde für Gewächshäuser angeboten. Ich kaufte 20 Meter von diesem Gewebe, erzählte dem Verkäufer von meinem Plan, ein Gurkengewächshaus zu errichten. Ich hielt es für wichtig, weil ich annahm, dass die Stasibeobachter

Fragen an den Verkäufer stellen konnten, oder gar der Verkäufer selbst für die Stasi spitzelte. Zuhause machte ich Zerreißproben und war glücklich, als ich feststellte, dass dieser Kauf sich für meinen Plan eignete. Meine Mutter hatte mir alle weiblichen Arbeiten im Haushalt gezeigt und was ich nicht kannte, brachten mir meine beiden Schwestern, während ich sie aufmerksam beobachtete, bei. Somit war es für mich kein Problem, die Nähmaschine, eine moderne elektrische mit 16 Programmen, zu bedienen. Für das Tragwerkmaterial brauchte ich den Zick-Zack-Stich. So las ich es in der Zeitschrift Fliegerrevue. Dieser Stich versprach besondere Festigkeit. Ich schnitt das Tragwerk für den Drachen in Form eines Dreiecks zu. Um dem Drachen eine tragbare Form zu geben, nähte ich an den langen Seiten Schlaufen ein, in die ich die Spezialrohre stecken konnte. Um die Nähte für die Schlaufen besonders fest zu gestalten, habe ich die Nähte zusätzlich mit einem Kunststoffkleber verleimt. Immer wieder stellte ich mir die Frage, was suchte ich eigentlich für mein Leben. Der Entschluss für meine Flucht per Motordrachen stand dabei nie in Frage. Doch stellte ich fest, dass ich einen sicheren und guten Arbeitsplatz hatte, wurde von meinen Kollegen anerkannt und respektiert. Ich wünschte mir nur, selbstständig mein Leben zu bestimmen. Ich glaubte, das fehlte mir hier. In meiner Anstellung war ich zeitlich fünf Tage in der Woche gebunden. Außerdem vermutete ich, dass ich von einem Kollegen, dem Ferdinand, beobachtet werde. Ferdinand hatte in unserer Firma eigentlich keine eigene Aufgabe, er war der Mann für den Fall, wenn er an einer Stelle gebraucht wurde. Allein dieser berufliche Status und seine Mitgliedschaft in der SED gab mir Anlass für die Vermutung, dass er auch für die Stasi Zuträger oder ein Informant war. Da ich bereits mit meinen Erträgen an Honig und dem Verkauf finanziell gut vorankommen war, hatte ich mir einen neuen Bienenwagen mit 60 Bienenvölkern aufgebaut, acht Meter lang und zwei Meter vierzig breit, mit Schlafraum und Arbeitsraum. Ich rechnete mir aus, dass ich, wenn jedes Bienenvolk nur zehn Kilogramm im Jahr an Honig abgab, allein von der

Imkerei leben könnte und selbstständig wäre. Einen Vorteil hatte die Imkerei noch, diese Arbeit wurde von der Parteiführung gesellschaftlich sehr hoch anerkannt. Honig war ein Exportprodukt und brachte dem Staatshaushalt Devisen ein. Ich entschloss mich, mit meinem verantwortlichen Kaderleiter zu sprechen, um ihn zu überzeugen, dass ich nun als selbstständiger Imker arbeiten möchte. Als Imker hatte ich inzwischen Referenzen vom zuständigen Bezirkstierarzt, der mir die Prüfung zum Bienenseuchen-Sachverständigen abnahm und mit Erfolg zertifizierte. Mein Chef stimmte meinem Anliegen zu und wünschte mir viel Erfolg. Ab sofort war ich nun selbstständiger Imker. Ich wusste sehr gut, dass ich damit auch ein finanzielles Risiko übernahm, weil, wenn es einen nassen, kalten Sommer gab, ich nur wenig Honig schleudern konnte und somit die Kosten über den Einnahmen standen. Natürlich wusste niemand, dass ich sehr bald davonfliegen wollte. Meine Imkerei hatte ich durch die Bienenwagen als Wanderimkerei ausgerichtet. Ich konnte somit mit dem Lastkraftwagen die

Bienenwagen direkt an die blühenden Felder oder Wälder stellen. Diese Wanderung verschaffte mir jedes Frühjahr zur Kirsch- und Apfelblüte direkten Zugang in die Plantagen unweit der Berliner Mauer. Im Laufe der Jahre kannte ich jede asphaltierte Straße in den Obstplantagen in der Umgebung der Berliner Mauer.

Ich hatte eine neue Idee. Wenn ich mich bereits als Experte für Bienen ausweisen konnte, plante ich, ein Buch über die Wanderung mit Bienenvölkern an die Trachten (Honiggebende Blüten) zu schreiben. Ich verfasste ein Manuskript und reichte es bei dem zuständigen Landwirtschaftsverlag ein. Mein Manuskript wurde mit Begeisterung aufgenommen, zumal dieses spezielle Thema noch nicht publiziert wurde. Ich war glücklich, als mich der Brief mit der Zusage zur Publikation erreichte. Etwas naiv stellte ich mir vor, dass, wenn mein Name auf meinem Buch steht, mir vielleicht die Ausreise aus der DDR genehmigt würde. Ich sah jeden Tag in meinen Briefkasten und erwartete mit großer Spannung das Muster meines Buches: „Bienenwanderung"! Es brauchte zwei Monate, bis endlich der ersehnte Brief im Briefkasten lag. Hastig riss ich den Briefumschlag auf und las einen kurzen Text.

Es waren nur wenige Worte: „Es tut uns leid, wir können Ihr Manuskript nicht publizieren, da uns die notwendigen Papierbilanzen nicht genehmigt wurden". Ich war komplett am Boden zerstört. Trotz vorheriger Zusage nun eine Absage. Mir war klar, dass diese Absage im Auftrag der Stasi erfolgte. Natürlich kannte ich auch die ständige Mangelwirtschaft durch die staatliche Bilanzierung aller Rohstoffe und Fertigprodukte. Ich war wütend und ratlos zugleich. Schon am nächsten Tag beschloss ich, nach Berlin zu fahren. Ich hatte eigentlich keinen Plan, was ich dort machen würde. Ich wollte einfach in der Nähe der Mauer sein oder etwas provozieren, zeigen, dass ich meine Meinung, das Land zu verlassen, nicht geändert hatte. Es war in den Morgenstunden, als ich in Berlin in Richtung Grenze lief. Jeder Ostdeutsche kannte den Grenzübergang Check Point Charlie. Ich ging, als hätte ich ein Ausreise- oder Besuchervisum, direkt auf die Grenze zu. Drei Grenzpolizisten standen unmittelbar am Durchgang und kontrollierten die Papiere eines Mannes vor mir. Als dieser Mann die Kontrolle passierte, schauten mich die Grenzpolizisten fragend an, denn ich hatte nur meinen Personalausweis in meiner Hand. Ich war davon überzeugt, dass sie eine derart dreiste Begegnung noch nie erlebt hatten, denn zwei versperrten mir den Weg in Richtung Westberlin und einer telefonierte, vermutlich mit seinem Vorgesetzten. Das Ganze spielte sich in etwa zwanzig Minuten ab, bis ein Polizeiauto vorfuhr und mich auf dem Rücksitz des Lada platzierte. Ich hatte keine Handschellen und auch keine Gewalt erfahren, war erstaunt über die Höflichkeit der Polizisten. Bis zum Polizeipräsidium am Alexanderplatz vergingen ca. zwanzig Minuten. Ich wurde in einen Raum geführt, in dem bereits zwei Männer auf meine Ankunft vorbereitet waren. Sie fragten mich nach meinen Motiven, weshalb ich mir diese Provokation an der Grenze erlaubt habe. Meine Antwort war sehr kurz. „Ich will die DDR verlassen, das habe ich bereits in vielen Schreiben an den Staatsrat mitgeteilt." Nach etwa einer Stunde ließ man mich wieder nach Hause fahren, jedoch musste ich eine Erklärung unterschreiben, in der ich mich zu einer psychiatrischen Untersuchung verpflichtete. Der zuständige Psychiater wurde mir vorgeschrieben. Als ich dann in meinem Auto saß, musste ich etwas schmunzeln, denn es war schon verrückt, sich direkt an den Grenzübergang zu begeben, mit der Absicht, durchgelassen zu werden. Ich vermutete, dass der Staatssicherheit klar war, dass ich unter keiner psychischen Krankheit leide. Die Anordnung, einen Psychiater aufzusuchen, ließ mich die Ratlosigkeit der Behörden erkennen. Was sollten sie mit mir machen? Trotzdem hatte ich viel Glück, weil ich in diesem Staatsapparat Personen begegnet bin, die noch menschliche Gefühle zeigten und nicht zu den ihnen zur Verfügung stehenden grausamen Mitteln griffen. Natürlich stand jeder, ob Polizist, Betriebsdirektor oder der kleine Arbeiter immer unter Beobachtung und machte sich verdächtig, sobald er nachsichtig handelte, besonders, wenn es um

Desidenten oder Kritiker ging. Ich kam nach Hause ohne einen Vorfall oder eine Behinderung meiner Fahrt. Wenn ich die Stöße der Autobahnfugen, die quer zur Fahrtrichtung verliefen, im gleichmäßigen Takt gegen meine Reifen nicht spürte, müsste ich vermutlich doch von selbst über einen Besuch bei einem Psychiater nachdenken. Die Autobahn, ein Überbleibsel aus dem 2.Weltkrieg. Zum Glück haben die sowjetischen Besatzer diese einst von Hitler gebaute Straße nicht auch noch, wie die einst modernen Industrieanlagen nach Russland verschleppt. Diese Betonplatten, aneinandergereiht, haben sie uns gelassen und sich damit einen schnellen Weg nach Berlin erhalten.

Ich bekam eine Woche Zeit, um den verordneten Termin beim Psychiater wahrzunehmen. Vor dem Eingang der Arztpraxis las ich den Namen Dr. Dimitri. Ich meldete mich bei einer Sekretärin mit meinem Namen an. Sie blätterte in ihrem Terminkalender, strich mit dem Kugelschreiber in eine von mir nicht einsehbare Spalte, sah mich mit einem offenen Blick, länger als gewöhnlich, an und sagte: „Setzen Sie sich ins Wartezimmer. Sie werden aufgerufen." Im Wartezimmer waren alle Sitzgelegenheiten bereits besetzt. Ich suchte mir einen Stehplatz an der Wand, studierte die Gesichter und Hände der Wartenden. Zwei Frauen unterhielten sich leise, kaum wahrnehmbar. Eine Krankenschwester kam aus dem Behandlungszimmer, rief einen Namen auf und ließ die eine der ins Gespräch vertieften Frauen passieren. Ich setzte mich auf den freigewordenen Stuhl. ‚Hoffentlich spricht mich die Frau auf dem Nachbarstuhl nicht an', dachte ich, als sie sich zu mir herüberbeugte und mir mit weit geöffneten Augen versicherte, dass Dr. Dimitri ein ausgezeichneter Arzt sei. „So?", antwortete ich wortkarg und rückte ein wenig meinen Stuhl abseits, in der Hoffnung, sie verstünde mein Signal, in Ruhe gelassen zu werden. Es machte aber keinen Sinn, ein paar Zentimeter von ihr abzurücken, denn sie folgte mit ihrem zu mir gebeugten Körper. Die Tür vom Behandlungszimmer öffnete sich wieder und die Dame, die einst auf meinem Stuhl gesessen hatte, verließ das Arztzimmer. Nun wurde meine Nachbarin aufgerufen. ‚Gott sei Dank!', dachte ich, ‚die bist du los.' Das Wartezimmer war bereits leer außer mir. Nicht die Schwester, sondern der Arzt, mit dicken, schwarzen Augenbrauen und nachtschwarzen Haaren, rief meinen Namen auf. Ich folgte seiner Aufforderung. „Bitte, setzen Sie sich auf den Stuhl dort!" Ich nahm Platz, sah mich ein wenig im Raum um. Was mir neu vorkam, war die Farbe der Einrichtung. Es war nicht wie sonst in einer Arztpraxis alles in Weiß, sondern die Möbel zeigten eine helle braune Farbe mit deutlich erkennbarer Holzmaserung. Dr. Dimitri sah mich einen Moment mit prüfendem Blick an.

Er schwieg für ein paar Sekunden und schüttelte seinen Kopf mit der Bemerkung: „Was ihr Deutschen doch immer wieder mit den Menschen macht!" Ich war völlig sprachlos auf diese Reaktion des Arztes. Ich fragte: "Und was machen Sie jetzt mit meinem Befund?" „Was soll ich machen, Sie sind gesund, das werde ich schreiben."

„Vielen Dank, Herr Doktor." Ich gab ihm die Hand und verschwand schnell aus dieser Praxis, denn es galt nicht als besonders attraktiv, bei einem Psychiater in Behandlung zu sein und vielleicht noch von Bekannten gesehen zu werden. Es war mir klar, dass ich mich mit meiner Provokation auf die Staatsgrenze in Berlin auf sehr dünnem Eis bewegte. Es war für mich alles noch einmal glimpflich verlaufen. Ich beschloss für die nächste Zeit, mich möglichst unauffällig zu verhalten.

Meine achtzig Bienenvölker verschafften mir an bestimmten Tagen einen 14-Stunden- Arbeitstag, wobei der Ausdruck Arbeitstag nicht mit meiner früheren Arbeit als Agrotechniker zu vergleichen war. Die Arbeit mit den Bienen öffnete mir die Augen und erklärte mir unsere Rolle als Spezies Mensch in der Natur. Es wurde mir klar, dass wir als Menschen uns über die Gesetze der Natur erheben und glauben, wir sind Gott.

 In Wirklichkeit stehen wir ganz oben an der Spitze einer Pyramide, ruhen auf den Rücken aller tierischen und pflanzlichen Lebewesen. Sollte eine Art aussterben, so droht die Pyramide einzustürzen, und auch unser Schicksal wäre damit besiegelt.

Zu diesen Erkenntnissen kam ich durch die Arbeit mit den Bienen und sah deren Abhängigkeit von den Pflanzen als Nahrung zur Erhaltung ihrer Art. Sterben die Pflanzen aus, verhungern die Bienen, sterben die Bienen durch giftige Schädlingsbekämpfungen, sterben die Obstbäume und alle anderen Kulturen, die uns ernähren. Somit gehören wir alle zu einem Glied einer Kette der Lebewesen auf diesem Planeten. Es war mir klar, dass ich nur ein Sandkorn in der Wüste bin und die Welt nicht verändern kann. Ich hatte ganz andere Pläne, ich wollte mit einem Motordrachen nach Westberlin fliegen. Dieser Plan ruhte tief verborgen in mir. Ich versuchte mich in die Nacht zu versetzen, in der ich mich an den Start begeben würde. Ich wäre nicht ehrlich, wenn ich meine Angst, entdeckt zu werden, hier verschweige.

Das Fluggerät wartete bereits, in Einzelteile zerlegt, auf seinen Einsatz. Wenn es meine Zeit erlaubte, fuhr ich mit meinem Auto in die Nähe der Stadt Potsdam, direkt in die Obstplantagen und wartete dort viele Stunden bis in die Nacht, um festzustellen ob sich Menschen in dieser abgelegenen Gegend und zu später Stunde dort aufhielten. Es war möglich, dass Förster von Jagdgesellschaften vielleicht dort Niederwild jagten. Immer, wenn ich dort verweilte, blieb ich allein. Es bestand natürlich noch die Gefahr des Zufalls. Was, wenn gerade in dieser Nacht meiner Flucht mich eine Person entdeckte? Das Risiko nahm ich auf mich, denn wenn es dazu kam, war die Möglichkeit, dass es zu einer Anzeige bei der örtlichen Polizei kommen würde, sehr gering, denn ein Handy gab es damals noch nicht. Bis die Polizei vor Ort war, wäre ich längst davongeflogen. So stellte ich mir alles bildlich vor und war sehr beruhigt, sogar schelmisch glücklich, bald im Westen zu leben. Ich durchdachte alle Handgriffe für den Aufbau meines Motordrachen noch einmal. Ich musste alles mit geschlossenen Augen zusammenbauen können, denn ich hatte, wenn der Nachthimmel unbewölkt blieb, nur den Mondschein als einzige Lichtquelle zur Verfügung. Für mich stand der Monat September ganz oben als

Termin für den geplanten Flug. Milde Nächte, kaum noch landwirtschaftliches Treiben in den Obstplantagen ließen mich diesen Monat als Start in das neue Leben auswählen.

Das Bienenjahr kündigte das Ende der Honigernte an. Die Bienen suchten in den noch morgenfeuchten Wiesen die letzten Kleeblüten des Jahres nach Honig ab.

In den Mittagsstunden lockte die Sonne die Arbeitsbienen in den zwei Kilometer entfernten Wald, wo sie auf den Tannenzweigen den schwarzen, Sirup ähnlichen Waldhonig einsammelten. Das Ende der Bienenwanderung hatte unaufhaltsam mit den länger werdenden Schatten und den merklich milden Sonnenstrahlen begonnen.

Die Bienenwanderwagen standen dicht an einer Scheunenwand windgeschützt auf dem Hof, vorbereitet für einen langen Winter. Endlich hatte ich Zeit für meinen Fluchtplan. Ich kontrollierte in meiner Werkstatt noch einmal alle Einzelteile auf Vollständigkeit. Ich musste auch an Reserveschrauben und Verbindungsteile denken, sollte mir in der Dunkelheit ein Teil aus den Händen auf den Boden fallen. Ich verschloss nach der erfolgreichen Kontrolle aller Teile wieder die Werkstatt und ging ins Haus zurück. Mein Blick fiel auf den Kalender an der Wand. Welchen Tag würde ich auswählen? Sollte es ein Arbeitstag oder ein Sonntag sein? Am Sonntag gehen oft Familien spazieren, aber sicher nicht in der Nacht. Also entschied ich mich für den kommenden Sonntag, es war der letzte Sonntag im September. Ich hatte mich auf die Nacht zum Sonntag auf einen guten und festen Schlaf konzentriert. Leider war es mir nicht gelungen, Ruhe zu finden, immer wieder hatte ich mich gedreht und versucht, Ruhe zu bewahren. Der Wecker klingelte. Endlich war ich scheinbar doch noch eingeschlafen, als die Uhr früh um acht sich meldete. Gegen sechzehn Uhr fuhr ich meinen PKW dicht an meine Werkstatt, öffnete den Kofferraum und begann mit dem Beladen der vielen Einzelteile. Ganz hinten, in Stoff gehüllt, verstaute ich den Motor. Dann folgten die Rohrstangen, alle auf einen Meter Länge geschnitten. Mein Auto, eine moderne russische Limousine vom Typ GAZ-24, hatte einen sehr großen Kofferraum. Letzte Kontrolle, alles war verstaut.

Die Aktentasche mit allen persönlichen Papieren und Fotos lag noch auf dem Sofa im Wohnzimmer. Etwas nachdenklich blieb ich vor der gut verschlossenen Haustür meiner Wohnung stehen, erinnerte mich an die Zeit meiner Ankunft aus Berlin, als ich hier in eine Ruine einzog. Ich setzte mich an das Steuer, ließ den Motor an und schaute im Rückspiegel auf meine Bienen, die sich bereits für die Nacht in den Beuten eingerichtet hatten. Dann auf Nimmerwiedersehen, dachte ich und fuhr auf die Fernstraße, die den Weg in die Freiheit bedeutete. Ich sah auf die Armaturen: Wassertemperatur, Öldruck normal und die Tankanzeige zeigte voll. Alles in bester Ordnung. Ich fuhr bedacht, nur nicht über fünfzig im Ort. Außerhalb der Stadt rollte ich mit siebzig dem Ziel entgegen denn ich hatte genug Zeit, bis die Nacht einbrach.

An einer Gaststätte, immer das Auto im Blickfeld, machte ich eine Pause, trank eine Brause und bestellte eine Soljanka (eine russische Fleisch-

Gemüsesuppe) und ein Schnitzel mit Bratkartoffeln. Es schmeckte alles sehr gut. Ich hatte mir eine Stunde Pause gegönnt und empfand ein großes Glücksgefühl, als hätte ich es schon geschafft. Ich setzte meine Fahrt fort, die Abenddämmerung kündigte die Nacht an. Ich fuhr mit eingeschaltetem Licht. Es war wenig Verkehr auf der Fernverkehrsstraße F-95 in Richtung Berlin. Dachte, es wäre eine gute Zeit für mich, denn die meisten Menschen waren zuhause, sahen das Fernsehprogramm und bereiteten sich auf die neue Arbeitswoche vor. Ich fuhr auf den Autobahnring in Richtung Berlin-Potsdam. ‚Nur nicht die Abfahrt Töplitz verpassen!', dachte ich. Ein Schild wies auf einen Parkplatz in 1000 Metern hin. Eine Polizeikontrolle forderte mich plötzlich auf, auf diesen Parkplatz zu fahren. Mein Herz schlug bis zum Hals. Nur nichts anmerken lassen! Ich hielt an, ein Polizist bat mich höflich um meine Fahrzeugpapiere, Personalausweis, Fahrzeugschein und Fahrerlaubnis. Er schaute auf die Dokumente, überprüfte das Nummernschild an meinem Auto. „Wo wollen Sie hin?", fragte er mich. „Ich fahre nach Töplitz, meine Bienen stehen dort", gab ich zur Antwort. Er schaute mir tief in die Augen, sah prüfend auf meinen Beifahrersitz, auf dem ich vorausschauend meinen Imker-Hut mit dem weißen Bienen-Schleier abgelegt hatte. Es schien gewirkt zu haben, denn er reichte mir die Dokumente durch das Fenster und wünschte mir eine gute Fahrt. „Danke, Genosse", erwiderte ich, und noch etwas nervös steckte ich meine Papiere wieder in die Brieftasche. Gott sei Dank, das ging noch einmal gut, schoss es mir durch den Kopf. Erleichtert setzte ich meine Fahrt fort. An der Obstplantage, die sich über viele Kilometer erstreckte, fuhr ich auf einen Vorplatz, der hauptsächlich für die Lastkraftwagen in der Erntezeit vorgesehen war. Ich stellte den Motor ab, schaltete das Licht aus und stieg aus dem Auto. Der Himmel war nur schwach bewölkt. Es wehte kaum ein Windhauch. Ich hätte natürlich etwas Wind gebraucht, aber es würde schon für den Start reichen. Zwischen den Plantagen verliefen etwa drei Meter breite Straßen, mit einer Bitumen-Decke befestigt, wie eine perfekte Rollbahn, kilometerlang, schnurgerade in das Land. Ich schloss das Auto ab, lief ein Stück einwärts auf einer dieser Straßen im Dunkel der Obstbäume, bis mich das Laternenlicht von dem Parkplatz nicht mehr erreichte. Ich ging ein Stück diese Straße entlang, suchte nach Gegenständen oder Schlaglöchern, die meinem Start hinderlich sein könnten. Ich zählte die Schritte, lauschte den Geräuschen der fernen Großstadt. Ein leises Rauschen erfüllte die Nacht. Am Horizont ein gelber Lichtstreifen spiegelte gelbliches Licht lebendig durch die ziehenden Wolken am Nachthimmel. Der Mond sah auf das Zifferblatt meiner Armbanduhr. Es fehlten noch zwei Stunden bis Mitternacht. Ich stellte mein Auto direkt in die angrenzende Kirschbaum-Reihe. Wie oft geprobt, legte ich der Reihe nach, zuerst den Fahrgestell-Rahmen auf den Asphalt der Straße. Der Zusammenbau klappte sehr gut. Ich brauchte nur zwei Schraubenschlüssel, um alle Steckverbindungen und deren Verschraubungen festzuziehen. Ein Wildkaninchen hoppelte ganz in meiner Nähe vorbei. Ich setzte nun den Motor auf die Grundplatte. Vier lange Schrauben führten durch Gummipuffer und hielten den Motor in der gewünschten Position. Nun die Luftschraube mit Nabe, gut gesichert mit einem Splint, damit sich die Mutter auf der Kurbelwelle nicht von selbst lösen konnte. Der Tank direkt am Holm, der die gesamte Last mit Tragwerk und Steuerung aufnahm, hing neunzig Zentimeter über dem Motor. Zuletzt spannte ich die Drahtseile vom Hauptholm zum Fahrwerk. Nach kaum einer halben Stunde war der Motordrachen startklar. Ich drückte sehr langsam den Kickstarter nach unten. Der Motor nieste leise, während die Luftschraube eine Umdrehung machte. Es war alles geschafft. Ich setzte mich noch einmal in mein Auto und entschied mich, die Autotüren nicht zu verschließen, damit es, wenn die Polizei das Fahrzeug abholte, nicht zu Zerstörungen kommen musste. Leise drückte ich die Fahrertür ins Schloss, setzte mich dann auf meinen Pilotensitz, prüfte die Steuerung, drückte und zog das Steuerdreieck. Dann stieg ich aus meinem Sitz, um an den

Kickstarter zu gelangen und den Motor zu starten. Ich drückte nun den Kickstarter kraftvoll nach unten. Blauer Qualm quoll aus dem Auspuff. Dann wieder Ruhe. Noch einmal, jetzt aber mit Mut, musste ich kräftig den Hebel nach unten drücken. Der Motor lief ruhig. Die Luftschraube pustete frische Nachtluft in mein Gesicht. Ich stemmte mich mit aller Kraft gegen die bereits erzeugte Rollbewegung, denn eine Bremse hatte ich aus Gründen der Gewichtsersparnis nicht vorgesehen. Es war ein akrobatisches Kunststück, während ich den Drachen gegen die Schubkraft anhalten musste, zugleich in den sehr schmalen Sitz zu gelangen. Ich sprang förmlich in den harten Metallsitz, fasste das Steuerdreieck vom Tragwerk und legte meine Füße auf die Pedale, die das Sporn-Rad lenkten. Dies alles erfolgte in einer, wenn auch langsamen Vorwärtsbewegung. Mit beiden Händen umschloss ich das Rohr zum Tragwerk und schob den Gashebel langsam nach vorn. Jetzt hatte der Motor die errechnete Drehzahl erreicht. Die Rollgeschwindigkeit nahm zu. Ich hielt die

Drachenspitze weit nach unten. Noch nicht abheben, noch nicht, pochte es mir in den Schläfen. Ich versuchte mich zu beruhigen. ‚Die Rollbahn ist kilometerlang, also lass rollen', sagte ich mir. Wie ein Segel bäumte sich die Drachenbahn. Mal bauschte sie sich nach unten und dann wieder nach oben, als wollte sie mir sagen, was willst du tun, fliege endlich. Ich rollte über die Schatten der Obstbäume, die durch den Mondschein auf der Rollbahn lagen. Mit großer Kraft drückte ich das Steuerdreieck langsam nach vorn, spürte eine große Gegenkraft, die der Fahrtwind in das Tragwerk drückte. Der Stoff beulte sich auf. Ich drückte weiter nach vorn. Das Sporn-Rad hing nur wenige Zentimeter in der Luft. Noch rollte ich auf beiden Hinterrädern. Jetzt -. ich flog! Ich empfand für Sekunden ein berauschendes, vollkommenes Glücksgefühl. Wie Soldaten standen die Obstbäume in Reihen unter mir. Ich zog das Steuerdreieck zu mir, um den Steigflug zu beenden. Mein Motorradhelm, den ich zum Schutz auf meinem Kopf trug, dämpfte das Motorgeräusch etwas ab. Ich sah in die Ferne, versuchte Hindernisse rechtzeitig zu erkennen. Natürlich musste ich unter dem Radarspiegel bleiben. Also hundertfünfzig Meter durfte ich nicht überschreiten. Aber wo waren hundert, hundertfünfzig Meter? Neben der nächtlichen Stille und dem Surren des Motors hörte ich ein Geräusch, als wenn Glas zerspringt. Mein Steuerdreieck verursachte nur noch wenig Widerstand. Ich sah den Nachthimmel durch meine Stoffbahn, die mich bis hierhergetragen hatte. Es flatterten in der linken Tragflächenseite große Stofffetzen. Ich verlor an Höhe, suchte eine baumfreie Stelle. Mit einem harten Schlag hatte mich die Erde wieder zurückgeholt. Zum Glück war ich nicht verletzt. Ein Schutzengel war bei mir, aber alles verbogen, nur noch ein Haufen Metallrohre. Die Luftschrauben gebrochen. Am Horizont mit der Morgendämmerung näherte sich der Tag. Ich musste wieder alles in Kleinteile zerlegen und säuberlich alle Spuren beseitigen. Nichts durfte mich verraten. Die Tragrohre hatten alle eine Chargen-Nummer. Das bedeutete, dass der Käufer ermittelt werden konnte. Ich schwitzte vor Anstrengung und

Aufregung. Es durfte nicht hell werden, bevor ich hier alles beseitigt hatte. Meine Armbanduhr zeigte wenige Minuten vor vier Uhr, als ich alle Drachenreste in meinem Auto geborgen hatte. Ich saß noch schweißgebadet auf dem Fahrersitz, schaltete das Radio an. Es kamen die Nachrichten - vier Uhr! Etwas beruhigt startete ich den Motor, legte den Gang ein und fuhr auf die Landstraße, die direkt in den Ort Töplitz führte. Am Ortseingang hing an einem Drahtseil, quer über die Fahrbahn gespannt, eine Laterne, aus der warmes, gelbliches Licht quoll. Selbst für den ersten Hahnenschrei war es noch zu früh. Ein Hund bellte. Ich verließ den Ort. Die Straße führte direkt zur nächsten Autobahnauffahrt. Ein LKW folgte mir, als ich in die Autobahn einfädelte. Es war ein Milchtank. Ich setzte auf die linke Spur an und überholte das Milchauto. Auf gleicher Höhe hob ich grüßend meine rechte Hand, der Fahrer grüßte dankend zurück. Eine Stunde, dann wäre ich wieder zuhause, ging es mir durch den Kopf. Was sollte ich jetzt machen? Mein Fluchtplan war gescheitert. Zuerst einmal ausschlafen! Es wart noch sehr früh, als ich meine Toreinfahrt zum Hof öffnete. Ich stellte den Motor ab und nahm den schnellsten Weg ins Bett. Traurig über den gescheiterten Flug, doch froh, gesund und unbemerkt wieder in meiner Wohnung zu sein, schlief ich tief und fest ein, denn als ich wach wurde, war es bereits wieder dunkel. Ich hatte den gesamten Tag geschlafen. Nun musste ich alle Teile meines Drachen möglichst schnell vernichten. Besonders auffällig war die Luftschraube. Ich entschloss mich, den Rest der verbogenen Luftschraubenblätter in die Spree zu werfen. Den Motor konnte ich nun wirklich als Notstromaggregat auf meinem Bienenwagen zum Antrieb der Honigschleuder nutzen. Als ich mit dem Ausladen der Drachenreste beschäftigt war, erkannte ich den Grund meines Absturzes. Eines der vier Spannseile war durchgeschnitten. Die Enden hatten sich wie ein Pinsel aufgedröselt. Das Spannseil war von einem der Rotorblätter erfasst und durchgetrennt worden. Das Seil war dann durch die Rotorkraft in das Tragwerk geschleudert worden und hatte den Stoff zerschnitten. Sollte ich es noch einmal mit einer besseren Konstruktion versuchen, fragte ich mich. Ich verneinte kopfschüttelnd. Es musste erst einmal Gras darüber wachsen, bis ich einen neuen Plan schmieden konnte.

Es folgten die langen Winterabende. Mit einigen Reparaturarbeiten für die neue Bienensaison war ich beschäftigt. Ansonsten besuchte ich meinen Imkerfreund, der sich immer über meinen Besuch freute. Stundenlang konnten wir über Imkerei fachsimpeln. Jeder hatte einen neuen Vorschlag, wie man das nächste Imker-Jahr noch erfolgreicher gestalten konnte. Auch die Imker-Zeitung war voll mit neuen Ratschlägen für die Gesunderhaltung der Bienenvölker und seitenweise Annoncen für Kauf und Verkauf von Werkzeugen und Material bis zu kompletten neuen Bienen- Wanderwagen. Es fehlte an nichts. Die Farbenpracht der Blätter an den Bäumen, die den Straßen im Sommer Schatten gespendet hatten, kündigte den kommenden Herbst an. Es verging das Jahr und schöpfte in der Winterruhe die Kraft für etwas Neues, einen Beginn um die Erfahrung reicher aus dem vergangenen

Jahr. Nach arbeitsreichen Monaten verfügte ich jetzt über viel Freizeit. Mein Weg führte mich in das Zentrum unserer Stadt, ich genoss das Treiben in der Fußgängerzone.

Noch vor wenigen Jahren schlängelte sich hier lärmend, dicht an der alten Stadtmauer entlang, zwischen den historischen Häusern, quietschend die Straßenbahn durch das Zentrum unserer Stadt. Alles war nun breiter und heller. Mein Ziel war die Eisdiele, eine sehr beliebte Begegnungsstätte für Jung und Alt. Man konnte hier Zeitung lesen, Musik hören und einen sehr guten Kaffee trinken. Ich suchte mir einen Tisch möglichst mit dem Rücken an der Wand, weit im Innern des Raumes. Diese Position ermöglichte es mir, Menschen sehr genau zu beobachten, ihre Art zu sprechen, ihre Handhabungen und Bewegungen zu studieren. Ich bestellte mir, wie schon oft, drei Kugeln Schokoladeneis mit Sahne. Eine Gruppe, vermutlich Studenten, nahm die restlichen Plätze am Nachbartisch ein. Zwei Tische von mir entfernt saß ein Mann mit blonden Haaren, schlank, trankt einen Kaffee. Unsere Blicke trafen sich, er lächelte zu mir rüber. Ich nickte mit dem Kopf als freundliche Geste grüßend zurück. Er verstand das, wie ich feststellte, als eine Einladung, sich zu mir zu gesellen. „Ich sehe, Sie sind auch allein, darf ich mich zu Ihnen setzen?", fragte er, während er sich, ohne meine Antwort abzuwarten, auf dem freien Stuhl niederließ. Meine Begeisterung hielt sich in Grenzen. „Darf ich mich vorstellen, mein Name ist Bernd", mit diesen Worten reichte er mir seine Hand. „Mein Name ist Robert", antworte ich, noch etwas verärgert über diesen Überfall. „Wohnen Sie hier in der Stadt?", fragte er mich neugierig. „Nein, etwas auswärts", antworte ich kurz. „Und wo wohnen Sie?" Ich beobachtete ihn nun etwas genauer. „Ich wohne in Köln." „In Köln?", fragte ich erstaunt. „Ja, in Köln", kam die Antwort. Ich musste mich erst vergewissern: „Also in Westdeutschland?" „Ja!", bestätigte Bernd nun. Als ich nun neugierig fragte, was er hier in der DDR mache, gab er mir die Auskunft: „Ich arbeite für ein Unternehmen in der Textilbranche." „Ahh, verstehe! Unsere Stadt ist besonders als Tuchmacherstadt bekannt. Ja, hier werden die

besten Segeltücher hergestellt." Jetzt wuchs mein Interesse. „Ich habe einmal in Berlin im Export gearbeitet", deutete ich an. „Sie sagen, habe? fragte er. „Ja, es ist eine lange traurige Geschichte", meinte ich. „Und was machen Sie jetzt, ich meine, als was arbeiten Sie?", wollte er jetzt von mir wissen. „Ich bin freiberuflicher Imker." „Imker, mit den Bienen? fragte er ungläubig. Die anfängliche Spannung besonders meinerseits löste sich. Es dauerte bestimmt zwei Stunden, bis wir uns verabschiedeten und auf ein neues Treffen verabredeten. Wie es doch
manchmal der Zufall will, dachte ich, kann diese Bekanntschaft doch einmal für mich nützlich werden. Ich war auf unser gemeinsames Treffen vollkommen fixiert. Wir hatten uns in einem sehr teuren Hotelrestaurant im Stadtzentrum verabredet. Der große Speisesaal war mit schweren rosa Gardinen ausgestattet. Zuletzt war ich dort bei meiner Konfirmation zum Mittagessen. Das lag einige Jahre zurück. Ich gab meinen Mantel bei der Garderobe ab, erhielt eine Metallmarke, steckte sie in meine Anzugtasche und betrat den Gastraum. Alles in

Purpur, rotem Plüsch, die Stuhlpolsterung und die Teppiche reines Barock. Ein Ober begleitete mich zielsicher an den Tisch, wo Bernd bereits auf mich wartend Platz genommen hatte. Er ist nun doch gekommen, dachte ich und hatte doch eigentlich geglaubt, ich würde allein hier sitzen. Bei einem Aperitif unterhielten wir uns über Sport und Politik. Das Drei-Gänge-Menü war ein Erlebnis für mich. Der Kellner sehr freundlich, vermutlich hatte er mitbekommen, dass mein Begleiter aus der BRD kam. Sicher erwartete er ein Trinkgeld in Westmark. Wir warteten nun noch auf einen köstlichen Nachtisch. Zwei junge Damen trugen je ein feuerspeiendes, silbernes Tablett: flambiertes Eis mit Früchten und Whisky. Es funkelte noch etwas auf unserem Tisch, bevor wir es dann genüsslich verspeisten. Das Eis mit dem Fruchtsaft und der Sahne zerfloss im Mund. Nach einer kurzen Gesprächspause fragte mich Bernd: „Haben Sie mal daran gedacht, nach Westdeutschland zu kommen?" „Haha", antwortete ich, „ja, ich habe bereits viele Ausreiseanträge gestellt. Leider wurden diese alle

abgelehnt, da ich angeblich ein Geheimnisträger bin." „Und sind Sie ein Geheimnisträger?", kam die prompte Frage von Bernd. „Die Geheimnisse, die ich in mir trage, kennt jede Putzfrau." Bernd zog sehr langsam seinen Eislöffel aus dem Mund, legte ihn auf den Unterteller zurück. Er sah mir in die Augen mit den Worten: „Vielleicht kann ich Ihnen helfen."
Ich war sprachlos über dieses Angebot, musste mich erst einmal mit prüfenden Blicken zu den Nachbartischen umsehen ob uns auch keiner beobachtet hatte. ‚Hoffentlich hört keiner zu', dachte ich. „Und wie können Sie mir helfen?", fragte ich leise. „Das können wir hier nicht besprechen, nur so viel", er beugte seinen Mund zu meinem Ohr und flüsterte, „ich habe gute Kontakte zum BND. Wissen Sie, was das ist?" „Ja klar, ich weiß", Gab ich zur Antwort. „Wenn Sie wollen, treffen wir uns an einer anderen Stelle, wo wir allein sind. Dann können wir in Ruhe alles besprechen." Ich gab ihm meine Wohnanschrift und wir verabschiedeten uns mit der Bemerkung, dass wir uns bald erneut treffen würden. Als ich ihm zum Abschied meine Hand reichte, lag

ein Zettel in seiner Hand, den er mir hiermit unbemerkt übergab. „Rufen Sie mich an", rief er mir noch im Gehen nach. Ich nickte zustimmend. Ich fuhr nach Hause und öffnete den gefalteten Zettel. Eine Telefonnummer kam zum Vorschein. Es gab nun einen neuen Weg für mich. Ich war sehr zufrieden über die neue Bekanntschaft. Ich ließ eine Woche verstreichen, bis ich von einer Telefonzelle aus die Nummer auf dem Zettel anrief. Es dauert einen Moment, bis sich eine Männerstimme meldete. „Hallo, spreche ich mit Bernd?", wollte ich wissen. „Ja, ich bin…", fuhr ich fort, da unterbrach mich der Teilnehmer am anderen Ende mit: „Ja ich weiß, wer Sie sind. Wann und wo? Kommen Sie am Montag in das Stadt Café." „Welche Zeit?", fragte ich. „Geht es um vierzehn Uhr?", fragte die Stimme am Telefon. „Ja, kein Problem, ich bin da." „Okay, bis dann am Montag", wurde das Gespräch beendet. Ich hängte den Hörer wieder in die Gabel, etwas Geld kamt zurück. War noch wie benommen! An diesem Montag war ich schon sehr früh in der Stadt. Gegen Mittag aß ich an einem ambulanten Stand eine

Bratwurst mit Kartoffelsalat. Immer wieder sah ich auf die Uhr. Ich saß wieder im Stadt Café. Durch das große Fenster konnte ich auf die Straße sehen. Pünktlich erschien Bernd. Er kam direkt zu meinem Tisch. „Können wir?", fragte er. „Ja, ich muss nur noch bezahlen." Ich rief die Kellnerin, und wir verließen gemeinsam das Café. „Wo haben Sie Ihr Auto? fragte Bernd. Ich antwortete: „Dort auf dem Parkplatz am Rathaus." „Gut, dort steht es sicher, fahren wir mit meinem." Wir gingen ein paar Schritte in die Nebenstraße unweit vom Stadt Café. Wir stiegen in einen blauen Fiat ein. Bernd fuhr nun einige Kilometer stadtauswärts. An der Straßenbahnendhaltestelle hielten wir an. Wir liefen ein paar Schritte durch einen kleinen Vorgarten in ein Einfamilienhaus. Es war eines der Häuser aus der Hitlerzeit, die dort für kinderreiche Familien gebaut wurden. Mit einem eigenen Schlüssel öffnete Bernd die Tür. „Bitte, treten Sie ein!", forderte er ich mich auf. Offensichtlich kannte er sich sehr gut hier aus, denn er fragte: „Möchten Sie einen Kaffee? „Dann nahm den Weg direkt in die Küche. „Ja, bitte!" Die

Kaffeemaschine schnaufte und der Kaffeestrahl lief in die Glaskanne. „Da sind Tassen", zeigte Bernd auffordernd mit dem Finger auf ein Regal an der Wand. In der Küche befand sich eine Sitzbank, die in der Raum Ecke viele Sitzplätze bot. Der Kaffee dampfte in den Tassen. Er war heiß, ich schlürfte schluckweise. Wir sprachen kein Wort. Ich wartete nun auf Einzelheiten von Bernd. Er setzte seine Tasse von den Lippen, stellte sie auf den Tisch. „Herr Hammer, ich bin hier nicht allein", sagte er. Ich bekam einen Riesenschreck, denn ich hatte Bernd nie meinen Nachnamen gesagt. „Woher wissen Sie meinen Namen?", fragte ich zweifelnd. „Ich sagte Ihnen doch, ich habe sehr gute Kontakte", grinste Bernd nun teuflisch. In diesem Moment traten zwei Herren in die Küche. Ich kannte diese Herren. Es waren die beiden von der Stasi, die mich nach meinen Plänen für den 1. Mai verhört hatten. Jetzt war ich denen in die Falle gegangen.

„Sie suchen also den Kontakt zum BND! Das kann Sie wegen Landesverrat fünfzehn Jahre Gefängnis kosten." Ich schwitzte vor Angst und Aufregung, überlegte, wie ich hier rauskommen könnte. Drei Männer, ziemlich stark. Und dann? Das hat keinen Zweck, ging es mir durch meinen heißen, im Takt meiner Herzfrequenz pulsierenden Kopf. „Sie, Herr Bernd, haben mich aufs Kreuz gelegt. Wie wollen Sie beweisen, dass ich den Kontakt mit dem BND gesucht habe?", versuchte ich mich herauszureden. Herr Bernd griff in seine Jackentasche und zeigte mir ein kleines Tonband. „Hier ist alles gespeichert." „Und nun?", fragte ich. „Wir können alles noch einmal rückgängig machen, wenn Sie unsere Bedingungen akzeptieren."

„Welche Bedingungen?", wollte ich wissen. „Als erstes ziehen Sie schriftlich Ihren Ausreiseantrag zurück.

Danach verpflichten Sie sich, für uns zu arbeiten", lautete die Antwort. „Kann ich mir das noch überlegen?" „Nein, Sie gehen jetzt auf unser Angebot ein oder wir melden alles der Staatsanwaltschaft", War die Forderung. „Okay, ich habe ja keine Wahl", Gab ich nach. Der Herr Bernd öffnete einen Schrank und legte ein paar Papiere auf den Tisch. Er zog die

Verschlusskappe von seinem Kugelschreiber ab und schrieb etwas auf das Papier. Nach wenigen Minuten legte er mir das Papier mit sehr kurzem Text vor und zeigte mit seinem Finger: „Hier unterschreiben, bitte zweimal!". Ich las: „… ich verpflichte mich hiermit, meinen Ausreiseantrag zurück zunehmen." Dann reichte er mir ein zweites Dokument, zweiseitig, mit der Verpflichtung, für das MfS in der Abwehr zu arbeiten. Auch das unterschrieb ich sofort. „Darf ich jetzt gehen?", fragte ich anschließend. „Ja, wir melden uns bei Ihnen." Ich verließ das Haus wie ein Mensch, der in eine Wäscheschleuder geraten war. Wie trunken taumelnd ging ich auf die andere Straßenseite. Die Straßenbahn kam mir entgegen. Ich sah schemenhaft in den Fenstern der Straßenbahn die vorbeiflitzenden Gesichter der Passagiere. Ich überlegte, gehe ich zurück oder vor zur nächsten Haltestelle. Nur weg von diesem Haus! Im Stadtzentrum stieg ich aus der Straßenbahn, nur wenige Meter waren es bis zum Parkplatz, wo mein Auto auf mich wartete. Bei einer Tasse Kaffee zuhause ließ ich alles noch einmal Revue passieren.

Jetzt gehörte ich dazu! Hatte keine Wahl! Ich sollte es nutzen.

Es vergingen zwei Wochen nach diesem Treffen in dem kleinen Haus, als im Briefkasten auf einem Zettel eine Nachricht mit einem Termin überbracht wurde. Ich solle an einem bestimmten Tag zu einer bestimmten Zeit wieder in dieses Haus kommen. Herr Bernd öffnete mir die Haustür und bat mich mit freundlichem Lächeln einzutreten. „Komm rein, Robert!" Ich war etwas erstaunt über die freundschaftliche Begrüßung. „Kaffee?" „Ja, bitte!" „Mit Milch und Zucker?" „Ja. Bitte!" Bernd stellte die Tassen Kaffee auf den Tisch und setzte sich zu mir. Er sah mir für wenige Sekunden schweigend in die Augen, brach dann das Schweigen mit den Worten: „Die Kosten für deine Fahrt hierher bekommst du natürlich ersetzt." „Was soll ich nun tun?", fragte ich. „Zuerst einmal bekommst du einen Decknamen", war die Antwort. „Du kannst ihn selbst bestimmen. Hast du eine Idee?" „Hmm, ich weiß nicht", murmelte ich. „Geht „Hexe"? „Ja, das ist eine sehr gute Idee, ist nicht alltäglich. Was planst du für deine Zukunft", wollte Bernd jetzt von mir wissen. „Ich möchte Maschinenbau studieren und einen guten Arbeitsplatz finden, natürlich als Ingenieur", antwortete ich schnell. „Und wo ist das Problem? Du musst dich natürlich selbst an einer Universität zum Studium bewerben, das können wir dir nicht abnehmen. Was machen deine Bienen? Alles in Ordnung?", hörte ich Bernd reden. „Nein, leider nicht." „Und warum nicht? bohrte Bernd nach. „Meine Bienen sind von der Varroa-Milbe befallen", sagte ich. Bernd wollte nun wissen: „Ist das ein Insekt oder ein Bakterium?" „Ja, ein Insekt. Es ist eine regelrechte Seuche. Dieser Schädling saugt den Bienen-Larven das Blut aus und dann sterben die Bienenvölker", erklärte ich ihm. „Gibt es kein Mittel dagegen?" „Nein, im Moment nicht. Ich denke, ich werde meine Imkerei verkaufen und mich auf mein Studium und den zukünftigen Beruf konzentrieren", warf ich ein. „Das ist ein guter Plan", bestätigte mir Bernd. Ich sah ein, dass jetzt meine Zukunft in den Händen der Staatsicherheit lag. Sie hatten die Macht, alle Wege zustimmend zu begleiten oder auch zu blockieren. Ich wusste nicht recht, was war nun eigentlich der Grund für dieses Treffen. Nicht, dass ich viel über mich gesagt hatte, aber ich ließ natürlich meine beruflichen Interessen erkennen. Mit einem freundlichen Händedruck verabschiedeten wir uns voneinander. Bernd hielt meine Hand noch etwas fest und erklärte: „Ich bin dein Führungsoffizier. Für alle Gespräche treffen wir uns ausdrücklich - wenn ich dir nicht eine andere Adresse gebe - nur hier." „Gut, erwiderte ich zustimmend. „Gute Heimfahrt, bis zum nächsten Mal!" Mit meinem Code-Namen „Hexe" machte ich mich nun auf den Weg in das Stadtzentrum. Ganz spontan führte mich mein Weg zu meinem Imker-Freund Richard. Ich öffnete die dunkelgrüne Eisentür, wo an verschiedenen Stellen der grüne Lack durch die Jahre abblätterte und das Braun vom alten Anstrich hervorkam, mit kleinen Glasfenstern in Metallrahmen gefasst. Richard, in seiner blauen Schlosserkombination, stand an der Motorsäge. Er hörte etwas schwer und besonders, wenn die Motoren seiner Maschinen liefen, bemerkte er mein

Kommen nicht. Ich wartete etwas, bis er sich umwandte. „Ah, Robert, schön, dass du mich besuchst. Wie geht es deinen Bienen?", fügte er seiner Begrüßung fragend hinzu. „Gute Frage, die Milben machen uns alles kaputt", antwortete ich. „Ja, ich probiere gerade mit Essig." „Und?", fragte ich gespannt. „Soll helfen, muss abwarten." Da überraschte ich ihn mit der Frage: „Ich möchte aufhören, weißt du einen Interessenten, der meine Imkerei kaufen will?" „Im Moment nicht, aber ich höre mich mal um. Du solltest auch annoncieren", entgegnete Richard. „Gute Idee, habe mich erst jetzt dazu entschlossen, aufzuhören", machte ich ihm klar. „Was soll deine Imkerei kosten?", fragte er nun. „Ich möchte zwanzigtausend für alles. Denke, das ist ein gutes Schnäppchen für den Käufer." Richard nickte zustimmend: „Ja, das ist okay."
Ich hatte Glück. Ein Käufer aus Mecklenburg, übernahm alles für siebzehntausend Mark. Durch den Verkauf der Imkerei befand ich mich in einer abhängigen Position gegenüber der Stasi, denn ich benötigte nun einen geeigneten Arbeitsplatz.

„Ruf mich an, wenn du mich brauchst", hatte Bernd zu mir gesagt, also auf zur Telefonzelle. „Hallo?" „Ja Hallo, hier Hexe, können wir uns treffen?" „Gut, morgen um sechzehn Uhr, ist das okay?" „Ja, ist gut. Ich komme." ich war erleichtert. Denn alles schien nun voranzugehen. Nur nicht zu früh freuen, denn wie Mutter immer sagte, nachher kommt die Enttäuschung besonders schmerzhaft. Trotzdem glaubte ich, dass ich als Optimist mehr Freude im Leben hatte als Mutter, die immer pessimistisch war. Ich entschloss mich also, erst einmal das morgige Gespräch abzuwarten und dann mit dem Ergebnis, wie es auch immer aussah, zu leben. In die konspirative Wohnung, wie das kleine Haus genannt wurde, bin ich möglichst unauffällig eingetreten. Wie unauffällig es sein konnte, weiß ich nicht genau, denn neben dem kleinen Haus wohnten Nachbarn. Das war mir aber egal, denn für die Geheimhaltung war Bernd zuständig.

„Und, was kann ich für dich tun?", lautete seine Frage. „Ich habe meine Bienen verkauft", eröffnete ich ihm. „War es ein gutes Geschäft für dich?"

„Warum fragst du? Du weißt es doch, hast doch Einsicht in mein Bankkonto", entgegnete ich. „Wie kommst du darauf, ich hätte Einsicht in dein Bankkonto?", tat er erstaunt. „Ich vermute es", sagte ich. „Nein, du irrst", empörte er sich. „Okay, sorry, habe alles für siebzehntausend Mark verkauft", antwortete ich versöhnlich. „Und was kann ich für dich tun?", fragte Bernd nun noch einmal. „Ich suche eine Arbeit. Hast du eine Idee?" Bernd war nicht überrascht. „Ja, ich habe bereits etwas für dich vorbereitet", sagte er. „Und was?", wollte ich wissen. „Eine Stelle als Produktionsdirektor wird frei. Wenn es dir zusagt, kannst du sofort anfangen. Müsstest allerdings etwas fahren, da der Betrieb auswärts liegt. Etwa fünfzehn Kilometer eine Strecke. Kannst dir überlegen, wenn es dir gefällt, dir dort eine Wohnung zu suchen." „Und was ist das für eine Produktion?", hakte ich nach. „Es ist eine Keramik-Herstellung", eröffnete mir Bernd. Hmm, Keramik, dachte ich, laut sagte ich: „Ich habe keine Ahnung von Keramik."

„Das ist nicht nötig, du hast zwei Meister an deiner Hand, die dich fachlich unterstützen", bekam ich als Antwort. „Muss ich heute antworten?", fragte ich. „Ja, sonst bekommt die Stelle ein anderer", sagte Bernd. „Wie viele Beschäftigte hat die Firma?", informierte ich mich nun." Etwa hundert, sie arbeiten durch die Brennöfen im Drei-Schicht-Betrieb." Meine Freude an Neuem und an einer schnellen Entscheidung ließ Bernd nicht lange auf eine Zusage warten. „Gut, ich mache es", gab ich Bernd zu verstehen. „Also am kommenden Montag um acht Uhr, hier hast du die Adresse." Bernd übergab mir einen Zettel mit dem Firmennamen und der genauen Anschrift.

Ich lenkte meinen PKW schon dreißig Minuten vor acht Uhr auf den Firmenparkplatz. Der grenzte einerseits an die Produktionshalle aus Stahl und Glas, die sich weit in das Grundstück erstreckte und andererseits an ein Verwaltungsgebäude. Ich blieb im Auto sitzen, wollte warten, bis alle Angestellten eintrafen. Ich entdeckte hinter einem Fenster einen bärtigen Mann, der meinen Blick suchte und auch fand. Er gab mir ein Zeichen einzutreten. Ich betrat den Vorraum der Verwaltung. Gleich links neben der Eingangstür befand sich das Büro des Bärtigen. Seine Bürotür stand breit offen. Mit ausgestreckter Hand kam er auf mich zu und meinte: „Sie müssen Robert sein." „Ja, ich bin der Neue", antwortete ich. „Möchten Sie einen Kaffee?" Ohne meine Antwort abzuwarten, griff er zum Telefonhörer und bestellte Kaffee, unterbrach seine Bestellung mit der Frage an mich, ob ich mit Milch und Zucker wollte. „Ja bitte, süß und weiß", bestellte ich. Es dauerte nur wenige Minuten, bis eine Küchenfrau den Kaffee servierte. Ich erhob mich und reichte der Küchenfrau, Frau Müller, mit der Bemerkung, dass ich der neue Produktionsleiter wäre, die Hand. Wir hatte ein paar wenige Worte gewechselt als der Hauptdirektor mit dem technischen Leiter eintraf.

Der Hauptdirektor, Herr Fleischer, klopfte mir auf die Schulter. „Guten Morgen, wir treffen uns bitte sofort in meinem Büro." Er bestellte nun auch noch für alle Kaffee. Ich zählte die Büros, es waren acht Zimmer. Im Hautdirektoren-Zimmer stand in der Mitte ein Tisch mit einer dicken Glasplatte, gefasst in einem

Holzrahmen, der auf verzierten Holzbeinen ruhte. Tiefe, gemütliche Schalensessel verleiteten zum Verbleiben. Herr Fleischer stellte mich mit meinem Namen und mit meiner Funktion vor: „Genosse Hammer wird nun für die nächste Zeit die Produktion übernehmen." Ich bedankte mich für die freundliche Begrüßung. Herr Fleischer zeigte mir mein zukünftiges Büro und teilte mir meine Sekretärin zu. „Für die nächsten vier Wochen wird Sie noch der ehemalige Produktionsdirektor, Herr Glas, einarbeiten", beruhigte er mich.

Herr Glas, ein Hochschulabsolvent im Fach Keramik, war ein sehr angenehmer Kollege. Er war leidenschaftlicher Jäger mit eigener Jagdwaffe und gerade dabei, sich durch kranke Essstörungen - wie ein Nimmer satt, sich selbst umzubringen. Er aß in jeder Minute mit einer unvorstellbaren Hast, als wäre es das letzte, was er zu sich nehmen konnte. Er wog nach meiner Schätzung sicher bereits über hundert Kilogramm. Er war ein hochbegabter Zeitgenosse. Oft stellte ich mir die Frage, warum sein Verstand nicht mit dem Körper sprach. In den nächsten

Wochen lernte ich den Produktionsprozess für Keramik näher kennen. Der Grundstoff Ton wurde mit Lastkraftwagen täglich aus einer Tongrube gefördert und in die Ton-Mühle, genannt Koller, antransportiert. Die Fertigprodukte hatten einen hohen Stellenwert, denn sechzig Prozent davon wurden direkt in die Schweiz exportiert. Mein Arbeitstag bekam mir wie eine Badekur. Wir, die Direktoren, verbrachten die Arbeitszeit oft mit Feiern, Schlachtfesten, üppigem Essen und Trinken auf Kosten der Firma direkt im Zimmer des Hauptdirektors. Für mich war diese Arbeitsmoral neu. Ich merkte nach einigen Wochen, dass Herr Fleischer sich öfters in meinem Büro niederließ. Er versuchte mich auszufragen. Er war besonders daran interessiert herauszubekommen, ob ich ein Informant der Stasi war. Natürlich stellte er nie eine direkte Frage in diese Richtung. Diese Spannung zwischen dem Hauptdirektor und mir amüsierte mich. An der Oberfläche war es ein Katze-und-Maus-Spiel. Jedoch im Verborgenen ging es um mehr, um die Existenz. Es war wieder einmal ein Termin in dem kleinen Haus anberaumt. Bernd übergab mir ein Foto von einer jungen Frau. Ich erhielt den Auftrag, diese Frau auf dem Bahnhof zu beschatten und dann darüber einen Bericht zu verfassen. Ich stand zu der angesagten Zeit auf dem Bahnhof und suchte das genannte Objekt. Ich hatte etwas über vier Stunden auf dem Bahnhof verbracht, ohne dass diese Person auftauchte. Zuhause fragte ich mich, war es nur eine Prüfung? Beim nächsten Treffen behandelte Bernd meine Bemerkung zu dieser von mir erwarteten Person auf dem Bahnhof als völlig unwichtig.

Bernd kam auf die Kirche in der DDR zu sprechen. „Robert, du bist doch konfirmiert, richtig? fragte er. „Ja", antwortete ich, „aber nur meiner Mutter zuliebe. Ich glaube nicht an Gott. Warum fragst du?" Er antwortete: „Wir brauchen jemanden, der in die Junge Gemeinde eintritt und uns Informationen liefert. Würdest du das machen?" „Nein! Bernd, ganz klar, nein, das mache ich nicht.", war meine eindeutige Antwort. „Ist okay! Kein Problem, war nur eine Frage." Ich war etwas erstaunt, dass Bernd über meine Absage nicht sauer war. Er wechselte das

Thema. „Die Arbeit ist okay?" „Ja, macht Spaß", entgegnete ich. „Gut, Robert, dann bis zum nächsten Termin." Bernd schaute in seinen Taschenkalender, schüttelte den Kopf: „Ich habe noch keinen neuen Termin. Ich rufe dich in der Firma an." Mit einem „Dann bis bald" trennten wir uns.

Ich hatte eine längere Autofahrt von einer Besprechung im Kombinat. Auf dem Weg nach Hause fuhr einige hundert Meter vor meinem Wagen ein dunkelgrüner Jeep mit dem Emblem der englischen Militärkommission. Ich erkannte vier Uniformierte. Der Jeep verlangsamte sein Tempo. Auch ich behielt den Abstand bei. Andere Fahrzeuge überholten und versperrten mir die Sicht. „Mist!", flüsterte ich. Dann sah ich, dass der Jeep links in einen Waldweg einbog. Ich verlangsamte meine Fahrt. Als ich an der Stelle, wo der Waldweg in die Hauptstraße mündet, ankam und in das Gelände einsah, war vom Jeep nichts mehr zu sehen. Daraufhin suchte ich eine Gelegenheit, auf der Hauptstraße zu parken. Auf einem Randstreifen stellte ich den Motor ab und verließ das Auto, als müsste ich mal für kleine Mädchen. In geduckter Haltung pirschte ich mich an den Waldweg heran. Jetzt erkannte ich den Jeep und die englischen Offiziere. Sie standen unmittelbar hinter ihrem Fahrzeug und schienen in einem Gespräch zu sein. Einer hatte ein Telefon am Ohr. Ich schlich etwas näher. Da entdeckte ich einen schwarzen Koffer mit einem langen Rohr am Ende. Ohne zu wissen, was die Offiziere hier machten, zog ich mich wieder zurück und setzte meine Fahrt fort. Ich hatte nicht viel Zeit, mir alles anzusehen, denn man erwartete mich auf meiner Arbeit zurück. Trotzdem beschäftige mich die Frage, was die englischen Offiziere hier suchten. Ich hatte eine Idee, um meine Frage beantwortet zu bekommen. Wer konnte das besser als Bernd? Ich verfasste einen Bericht über das heute Erlebte mit dem englischen Jeep. Beim nächsten Treffen übergab ich meinen Bericht an Bernd. Es vergingen vier Wochen, bis Bernd mich zu einer erneuten Begegnung in das kleine Haus befahl. Bernd war außer sich vor Lob über meinen Bericht. Er sagte, die Hauptstelle der Abwehr hätte mich lobend erwähnt.

Es war eine sehr wichtige Information, denn dort an der Stelle, wo die englischen Offiziere Halt gemacht hatten, verliefen die Erdkabel nach Moskau.

Ende August erhielt ich meine Immatrikulation für das Maschinenbau- Studium.

Die nächsten fünf Jahre musste ich mich mit viel jüngeren Kommilitonen fachlich messen. Es bedeutete eine neue Herausforderung und ließ den Gedanken an meine Flucht etwas in den Hintergrund treten. Ich erkannte, dass dieses Studium meine letzte Chance war, eine berufliche Zukunft als Ingenieur, einen weltweit anerkannten Beruf ohne staatliche Drangsalierung zu erlangen. Mit dieser Erkenntnis ging einher, dass der Plan, Ostdeutschland auf illegalem Wege zu verlassen, weiterhin bestand. Obwohl die Erkennbarkeit der Welt in diesem Kleinkosmos Ostdeutschland für mich nur unvollständig möglich war, glaubte ich daran, dass das System nicht bereit war zu gesunden, sondern es nur noch um den Erhalt der Macht ging. Ganz im Verborgenen hatte ich es aufgegeben, meine Zukunft in Ostdeutschland zu planen. Es war mir zwar bewusst, dass es dort draußen, außerhalb der Staatsgrenzen, der Todesstreifen, etwas gab, das mich von meinem Korsett um seine Brust befreien würde, ich aber meine Identität, die mit der Heimat verwurzelt ist, verlieren könnten. Es existierte in Ostdeutschland eine einfache Regel. Diese Regel beherrschte jedes Kind. War es wichtig, in der Gesellschaft einen Vorteil zu erzielen, eine gute berufliche Position, oder einen Studienplatz zu erhalten, so rezitierte jeder die Parolen der Partei. Privat, hauptsächlich in der Familie, konnte man dann in die andere Sprache wechseln, nämlich diskutieren mit den unterschiedlichsten politischen Meinungen. Natürlich gab es Menschen, die in dem System ohne Widerspruch lebten. Zu denen zählte auch meine Mutter. Sie gehörte aus meiner Sicht zu den Helden der Nachkriegszeit mit ihrer mütterlichen Liebe zu ihren Kindern, ihrem Glauben zu Gott, ihre drei Kinder in allen Zeiten der Not durchzubekommen. Einmal verließ sie ihr Glaube und die Hoffnung, es zu schaffen. Sie erlitt einen Zusammenbruch, öffnete den Gashahn und hielt ihren Kopf tief über das ausströmende Gas. Ich war zu jung, um Mutter zu verstehen. Meine Schwestern halfen Mutter mit Tränen, die über die Kinderwangen rollten, zerrten an ihr, flehend, um sie wieder in die Welt zurückzuholen.

Der Monat Mai versprach in diesem Jahr für mich einen besonderen Höhepunkt. Feierlich wurden die Diplome übergeben. Ich war überglücklich, das Studium mit Erfolg beendet zu haben. Mit dem Zeugnis in der Hand las ich mit besonderer Aufmerksamkeit jedes Wort. Es musste wohl eine entlegene Vorstadt sein, in der ich noch einmal haltmachte, denn ringsum herrschte Stille, auf dem Fußweg hockten Kinder und spielten. Noch einmal las ich überglücklich in meinem Diplom.

Zuhause angekommen, lehnte ich mich in meinem Sessel zurück und versuchte gedanklich, eine neue Etappe meines Lebens zu planen. Die erste Frage, die mich beschäftigte war: Wie komme ich aus der Verpflichtung als Spitzel für den Geheimdienst Stasi raus? Vermutlich existierten noch die Tonbandaufnahmen, die mich für viele Jahre ins berüchtigte Zuchthaus, das „gelbe Elend" bringen konnten. Und wenn, ich musste es versuchen. Kurz entschlossen schrieb ich ein paar wenige Zeilen, setzte meine Unterschrift darunter, faltete das Papier zusammen und steckte es in einen Briefumschlag. Mein Führungsoffizier Bernd hatte mich wegen meiner Prüfungen lange nicht mehr in Anspruch genommen. „Hallo, hier Hexe", rief ich in den Telefonhörer, „können wir uns treffen?" Am nächsten Tag hatte sich meine Nervosität auf den Magen geschlagen. Die Fahrt zum kleinen Haus schien mir endlos. Ich drückte die Hausglocke und war mir noch nicht sicher, ob ich das Schreiben an Bernd übergeben sollte. Es vergingen nur Sekunden, bis Bernd in der Tür stand und mich hereinbat. Bernd war wie immer sehr aufgeräumt und freundlich. Ich hatte den Eindruck, dass er keine Widersprüche zu dem empfand, was mit seiner geheimdienstlichen Tätigkeit zu tun hatte. Bei dem obligatorischen Kaffee überreichte ich ihm den Brief. Er drehte ihn einmal auf die Rückseite, sah, dass er verschlossen war und steckte ihn ohne eine Bemerkung zwischen die Seiten seines Terminkalenders. Bernd sah auf seine Armbanduhr: „Ich bin etwas in Eile heute, hast du außer dem Bericht noch etwas auf dem Herzen?" Ich schüttelte den Kopf. „Nein, eigentlich nicht." „Gut, dann ruf mich an, wenn du mich brauchst." Erleichtert fuhr ich heimwärts, denn ich war einer direkten Auseinandersetzung mit der Staatsmacht zuerst einmal entkommen. Klar war, dass Bernd in den nächsten Stunden den Brief öffnen würde. Wie würde er reagieren auf meinen erneuten Antrag, das Land verlassen zu wollen? Jetzt nach dem Studium. Alles war möglich, von der Aberkennung meines Diploms bis zum direkten Gang ins Zuchthaus.

Mir war inzwischen bekannt, dass meine Kollegen Direktoren auch dem Geheimdienst angehörten. Natürlich konnte keiner seine Konspiration verletzen, aber es schwebte in der Luft der Verwaltungsbüros der Duft des Mistrauens. Der Hauptdirektor, Herr Fleischer kam in mein Büro. Er fragte direkt: „Was schreibst du über mich?" „Ich... was meinst du?", erwiderte ich. „Ich habe keine Ahnung, was du meinst." „Okay, vergiss es". Er erhob sich, war sichtlich nervös, stolperte fast über die eigenen Füße und verlies mein Büro. Begann nun ein Krieg zwischen dem Hauptdirektor Fleischer und mir? Nur weil ich nicht geplaudert hatte, so wie er es von mir erwartet hatte. Es war mir klar, dass hier auf diesem Posten meine Stunden gezählt waren. Der Brief an Bernd hatte unmittelbare Folgen auf mein Leben. An einem Freitag war eine Personalversammlung einberufen. Im großen Speisesaal saßen alle Mitarbeiter der Firma zusammen. Es stand die Planerfüllung auf der Tagesordnung. Der Hauptdirektor begann mit meiner sofortigen Suspendierung von allen meinen Aufgaben als Produktionsdirektor. Als Begründung musste die nicht erreichte Planerfüllung herhalten. Natürlich kannten alle die Probleme, die einer Planerfüllung im Weg standen. Keiner der Mitarbeiter wagte einen Kommentar zu dieser Suspendierung. Ich verließ sofort den Raum, stieg in mein Auto und fuhr in die angrenzende Stadt, kaufte mir an einem Stand ein großes Schokoladeneis und genoss meinen neuen politischen Status. Ich fühlte mich endlich frei von

Lügen. Es war ein besonderes Gefühl, von nun an ehrlich dem System zu begegnen, ohne mich selbst belügen zu müssen. Es vergingen wenige Tage, als ich in einer Firma mit über zweitausend Mitarbeitern meinen neuen Arbeitsplatz als Ingenieur einnahm. Ich hatte nun nach langem Warten zuhause ein eigenes Telefon erhalten. Bernd war der erste Teilnehmer, der anrief: „Hallo Robert, wann bist du zuhause? Ich muss dich sprechen." Ich antwortete: „Immer nachmittags etwa ab siebzehn Uhr." „Okay, heute ist Dienstag, sagen wir am Donnerstag? Achtzehn Uhr?", wollte Bernd wissen. Und so verabredeten wir uns. Die Uhr zeigte bereits fünfzehn Minuten nach achtzehn Uhr, als ein PKW vorfuhr. Robert blickte durch einen Spalt hinter der Gardine auf den Hof. Bernd kam nicht allein. Er hatte noch einen Mann an seiner Seite, der etwas älter schien, groß gewachsen, schlank und mit kurzen, schwarzen Haaren. Es klopft an der Tür. Ich öffnete mit einem aufgesetzten Lächeln die Tür. „Deine Klingel geht nicht, oder?" fragte Bernd. Ich entgegnete: „Ich weiß nicht, manchmal geht sie und manchmal nicht.

Scheint einen Wackelkontakt zu haben. Kommt rein! Setzt euch! Kann ich euch etwas anbieten, einen Kaffee vielleicht?" Beide, Bernd und sein Begleiter tauschen ihre Blicke und stimmten nickend einem Kaffee zu. Die Kaffeemaschine war bereits in Arbeit, gluckerte pustend das heiße Wasser in den Filterkaffee. Drei Tassen, Zucker und Kaffeesahne standen bereit.

„Es dauert mit dem Kaffee nur einen Moment noch", versuchte ich, Zeit zu gewinnen. „Kein Problem", beschwichtigte Bernd, du kannst dir vorstellen, warum wir mit dir sprechen müssen. Du hast in deinem Schreiben die Beendigung deiner Arbeit mit uns beantragt und deinen erneuten Ausreisewunsch geäußert." „Ja, ich bin fest entschlossen, über mein Leben selbst entscheiden zu wollen", meinte ich tapfer. Ich goss inzwischen den Kaffee in die Tassen, während es mir klar wurde, dass ich nicht moralisch gehandelt hatte. Ich wollte zuerst das Studium, aber im Gegensatz hatte man mich für die Geheimarbeit erpresst. Es steht eins zu eins, dachte ich und beruhigte damit etwas mein Gewissen. Bernds

Begleiter nahm die Kaffeetasse vom Mund, setzte sie auf die mit Rosen bemalte Untertasse und sagte: „Wir machen es kurz, wir akzeptieren keine Verräter, die alles vom Volk nehmen und nichts geben wollen." „Ach Gott", dachte ich, „jetzt geht der Politunterricht los." Scheinbar hatte Bernd meinen Frust in meinem Gesicht erkannt und sich in das Gespräch eingemischt. „Hör gut zu, Robert, wir können dich mit sofortiger Wirkung entpflichten. Du musst uns heute und hier schriftlich unter Eid erklären, dass du bereit bist, keiner anderen Person über deine Tätigkeit in der Abwehr zu sprechen." „Ja, damit habe ich kein Problem, denn es ist allgemein bekannt, dass wir in der Bevölkerung nicht gerade beliebt sind. Wer wird schon damit prahlen wollen", sagte ich, erleichtert darüber, scheinbar einfach aus der Sache herauszukommen. „Gut, dann", Bernd holte aus seiner Aktentasche eine mit Leder bezogene Mappe, öffnete den Verschluss und nahm ein Schreiben heraus, welches direkt obenauf lag. Er legte es mir vor, sah mich an mit der Aufforderung: „Bitte, lies alles genau durch, bevor du es unterschreibst." Ich las die Überschrift in großen Buchstaben mittig auf dem ersten Blatt: Entpflichtung! Dann folgten acht Paragraphen und auf dem letzten Blatt die Unterschriften. Ich benötigte nicht eine Sekunde Bedenkzeit. Ich war sofort bereit, diese Entpflichtung zu unterschreiben. Nachdem ich unterzeichnet hatte, unterschrieb noch Bernd und auch sein Begleiter, ich denke, als Zeuge dieses Aktes. Bernd legte nun die Entpflichtung wieder in seine Mappe zurück. Im Gehen flüsterte er mir zu: „Lass es dir gut gehen." „Danke", erwiderte auch ich im Flüsterton, während sein Begleiter schon im Auto saß. „Ach so", rief Bernd noch im Gehen, während er schon auf der ersten Stufe der Vortreppe stand, „mit deiner Ausreise…, dafür sind wir nicht zuständig, das macht Inneres." „Ja, ich danke. „prustete ich aus mir heraus, wie ein erster Atem nach einer großen Luftnot. Die Behörde, zuständig für Ausreisegenehmigungen, die Abteilung Innere Angelegenheiten, wiederholte ihre ablehnende Begründung zu meinem Ersuchen, das Land verlassen zu wollen. Bis auf das Ingenieurdiplom hatte ich nichts gewonnen. Ich stand wieder an einem Punkt, der in eine Sackgasse führte. Ich liebte meine Tätigkeit in der neuen Firma. Ich trug Verantwortung für die technologische Vorbereitung der planmäßigen Reparaturprogramme in einem der modernsten Kraftwerke. Es war mir klar, dass ich in dieser Stellung niemals eine Ausreise nach Westdeutschland genehmigt bekommen würde. Also lag es vor meinen Füßen, was ich zu tun hatte, um unbequem zu werden. Ich stieg nicht mehr in den Autobus zur Arbeit. Ich blieb einfach zuhause. Am nächsten Tag hörte das Telefon nicht mehr auf zu klingeln. „Was ist los?", fragte ein Kollege. „Bist du krank?" „Nein, bin ich nicht. Ich komme nicht mehr, will für diesen Staat nicht mehr meine Arbeitskraft zur Verfügung stellen." „Bist du lebensmüde?", fragte erneut mein Kollege. Eines Tages bekam ich offiziellen Besuch von meinem Bereichsleiter. „Komm Robert, wir brauche dich", versuchte er mir Mut zu machen. Eigentlich tat er mir ein wenig Leid, denn er sollte mich nun umstimmen. Nachdem die Versuche mich wieder zur Arbeit zu bewegen gescheitert waren, wurde es still. Ich wusste, dass ein Gesetz existierte, dass Personen, die nicht arbeiteten, als arbeitsscheu bestraft werden konnten. Ich war mir bewusst, dass ich den Behörden auf Anfrage eine Tätigkeit nachweisen musste. Finanziell war ich durch meine damalige Imkerei gut ausgestattet. Es dauerte nicht lange, da bekam ich von der Abteilung Inneres eine Vorladung. Die Dame im „Präsentröckchen" hatte bei der Frage nach meiner Tätigkeit einen schelmischen, fast schadenfrohen Gesichtsausdruck. Ich war mir sicher, dass sie jetzt glaubte: „Jetzt haben wir dich." Aber ich erwiderte gelassen: „Ich bin freischaffender Schriftsteller. Ich arbeite an mehreren Projekten." „Sooo?" Sie war auf diese Antwort nicht gefasst und schrieb etwas in die Akte. ‚Eins zu null', verließ ich schadenfroh das Büro. Am nächsten Tag lag eine kleine gelbe Karte im Briefkasten. Es war eine dieser guten Nachrichten. Man teilte mir mit, dass ich nun nach einer Wartezeit von genau siebzehn Jahren meinen neuen PKW vom Typ Lada abholen könnte. Es war unglaublich, wie sich Glücksmomente in diesem Land mit Mauern und Stacheldraht über viele Jahre ihren Weg bahnten, um dann den betroffenen Menschen in einen Freudenrausch zu versetzen. Besonders betraf es Menschen, die eine neue Wohnung zugeteilt bekamen oder eben auch wie mich, der ich nun den neuen PKW abholen konnte. Als stolzer Autobesitzer zog es mich auf die Straße. Ein neues Auto musste ich erst einmal testen. Wie konnte ich das besser, als eine weite Tour zu planen. Wohin, stand die Frage im Raum. Viele Möglichkeiten gab es nicht. Es ging nur Richtung Osten. Das Auto war nun zwei Wochen alt. Für die erste technische Durchsicht musste das Tachometer 2500 Kilometer anzeigen. Also beschloss ich eine Reise in Richtung Tschechoslowakei. Es war ein Tag mitten in der Woche. Die Straße, die zur Grenze führte, war hauptsächlich mit Lastkraftwagen befahren. Vor mir fuhr ein Trabant mit tschechoslowakischem Kennzeichen. Die Grenzpolizei auf der deutschen Seite ließ den Trabant ohne ein Halt durch die Sperre fahren. Ich folgte dem Trabant und war der Auffassung, ich könnte gleich ebenfalls unmittelbar ohne Halt die Grenze passieren. Der Grenzpolizist sprang vor mein Auto und gab mir ein Zeichen, auf die Park Spur zu fahren. Die Scheibe in der Fahrertür hatte ich bereit geöffnet. Der Grenzer kam zu mir und verlangte meine Ausweispapiere und meinen Führerschein. Er betrachtete alle Daten und bat mich hier zu warten, während er im Grenzgebäude verschwand. Ich sah durch ein großes Fenster, wie der Polizist in einen Raum eintrat und mit anderen Grenzpolizisten sprach.

Es vergingen einige Minuten, und der Grenzpolizist kam mit einem anderen, nicht uniformierten Mann auf mein Auto zu. Der Polizist forderte mich auf, auszusteigen. Ich stand an der Seite, während der Polizist alle Türen weit öffnete und das Auto in seine Bestandteile auseinandernahm. Er demontierte die hintere Sitzbank, nahm die Teppiche heraus und zog die Kopflehnen aus den Vordersitzlehnen. Dann bat er mich mitzukommen und kontrollierte den Inhalt meiner Hosen- und Jackentaschen. Ich konnte erkennen, dass meine Kopflehnen durch ein Röntgengerät gefahren wurden.

Ich musste in einem kleinen Raum warten. Der Kontrolleur in Zivil fragte nach meinem Reiseziel und nach dem Grunde der Reise. Ich wusste zu diesem Zeitpunkt noch nicht genau, wohin ich eigentlich fahren wollte. Ich mochte die Böhmer Knödel, das Bier und auch die Landschaft. Im Winter war ich oft in der Hohen Tatra zum Wintersport. Nach etwa einer reichlichen Stunde Grenzkontrolle gab man mir meine Papiere zurück und wünschte gute Fahrt. Die kurvenreiche Straße, die die Berghügel der Landschaft zerschnitt, erlaubte mir nur ein langsames Fortkommen. Ich las Hinweisschilder mit Ortsnamen. An einer Kreuzung bog ich in eine zweispurige Straße in Richtung Prag ein. Es war inzwischen später Nachmittag, als ich mich dem dichten Verkehr in Richtung Hauptstadt Prag anschloss. Straßenbahnen quietschten in den Kurven. Von einem Hügel sah ich viele Brücken, deren Rücken aus Stahl und Beton die Moldauufer grazil verbinden. Ein Häusermeer bot mir die

Aussicht auf das Panorama der Stadt Prag. Mein Magen meldete sich mit lautstarkem Knurren. Ich beschloss, der nächste Imbiss ist mein. Es war ein kleines Restaurant mit einer Terrasse direkt an der Straße, wo ich haltmachte. Böhmer Knödel waren aus, aber eine große Wurst mit Brot und einem Saft ließ ich mir schmecken. Der Kellner war sehr freundlich und sprach sehr gut deutsch. Als ich bezahlte, bückte er sich, meinem Ohr näherkommend und fragte leise: „Wollen Sie zur deutschen Botschaft?" „Welche Botschaft?", fragte ich ahnungslos. „Wissen Sie denn nicht, die Botschaft der BRD." „Was ist dort, ich habe keine Ahnung." Er sagte ganz aufgeregt: „Viele tausend Menschen aus der DDR haben sie besetzt. Die wollen ihre Ausreise in die BRD erzwingen. „Interessant!", tat ich unbeteiligt. „Aber die Botschaft ist schon seit Tagen geschlossen", fügte er hinzu. Ich setzte mich in mein Auto und blieb einen Moment sitzen. Die Worte des Kellners klangen mir noch im Ohr: ‚Botschaft der BRD, Besetzung, aber geschlossen.' Nun war ich neugierig geworden. Ich stieg noch einmal aus dem Auto und bat am Kiosk, mir den Weg zur Botschaft zu beschreiben. Die Verkäuferin erklärte mir den Weg sehr einfach: „Sie fahren auf die andere Seite der Moldau, dann fahren Sie die Hauptstraße nach links und kommen so direkt zu einer großen Villa, das ist dann die Botschaft." Der beschriebene Weg führte mich direkt in die Straße die an der Botschaft der BRD vorbeiführt. Langsam fahrend suchte ich mir eine Parklücke. Aufgereiht wie eine endlose Kette Perlen standen Autos mit weißen Nummernschilder und schwarzer Schrift am Bordstein dieser Straße, kilometerlang und dösten vor sich hin. Der Staub auf den Windschutzscheiben war nicht von heute. Ich weiß nicht, wie weit ich dieser Autokette folgte, bis ich endlich vorn an der Spitze dieser parkenden Autos ankam und meinen Motor abstellte. Mit meinem schwarzen Aktenkoffer in der Hand folgte ich stadteinwärts auf dem Seitenstreifen der Straße, bis eine graue Villa hinter den alten, hohen Bäumen auftauchte. Ich erkannte für kurze Zeit einen großen Balkon, dann neigten sich die Baumwipfel im Wind wieder auf die andere

Seite und gaben einen Blick auf die großen Fenster am Südflügel frei. Eine Barriere, die sich im Halbkreis vor dem Eingang der Botschaft hinzog, zwang mich auf die Straße. In kurzen Abständen vor der Absperrung stehen Polizisten. Ich versuchte, mir einen Überblick zu verschaffen. Es drängte mich dazu, diese Sperre zu passieren. Aber wie?
Die Türen der Botschaft waren geschlossen. Während ich meinen Blick auf die große Eingangstür konzentrierte, wurde sie nicht geöffnet. Ein Schild, dessen Aufschrift ich wegen der großen Entfernung nicht lesen konnte, verdeckte einen Teil dieser sehr schweren Holztür. Vieles geht mir in diesen Minuten durch den Kopf. Auch der Spruch: „Frechheit siegt" löste in mir eine Idee aus, wie ich eventuell näher an das umstellte Gebäude herankommen könnte. Ich kramte in meiner Brieftasche, suchte eine kleine, weiße Karte mit blauer, gedruckter Schrift. Ich öffnete meinen Aktenkoffer mit den vielen kleinen Taschen und Fächern, suchte nach dieser Karte. Dann fand ich endlich diese so wichtige Karte. Es war eigentlich nur ein Kärtchen, fünf mal neun Zentimeter in der

Größe. Ich schloss meinen Koffer wieder, knöpfte meinem dunkelblauen, halblangen Mantel zu und schritt zielbewusst auf einen dieser Polizisten. Er hatte mich entdeckt. Ein leichtes Lächeln sollte helfen meine wahre Absicht zu verdecken, während ich mich im eiligen Geschäftsschritt näherte. Ich stellte mich vor und erkläre ihm, dass ich unbedingt in die Botschaft müsse, es gehe um wichtige Geschäfte. „Können Sie sich ausweisen?", fragte er mich. „Ja bitte", ich reichte ihm meine weiße Karte mit dem Text: Außenhandels-Unternehmen Technocommerz Berlin, Referent des Generaldirektors. Eine Visitenkarte zu erhalten, erforderte einen enormen Antragsweg. Nur staatliche Unternehmen waren berechtigt, einen Druckauftrag für Visitenkarten zu erteilen. Somit war meine verloren geglaubte Visitenkarte ein sehr bedeutendes Dokument. Er schaute lange auf die Karte. „Bitte zeigen Sie mir Ihren Ausweis!" Ich reichte ihm meinen Personalausweis. Nach wenigen Sekunden öffnete er einen Spalt in der Barriere und während er mich passieren ließ, rief er noch: nach

„Sie müssen aber den Seiteneingang benutzen!" „Ja, danke", antwortete ich im Gehen. Natürlich wusste ich nicht, wo sich der Seiteneingang befand und so lief ich rechts vom Haupteingang an einer Mauer entlang. Träumte ich oder habe ich Stimmen gehört. Ich blieb stehen und lauschte. Tatsächlich vernahm ich jetzt Stimmen, Frauenstimmen. „Kommen Sie, werfen Sie Ihre Tasche rüber, wir helfen Ihnen." Ich wartete, sah mich um. Zwei Polizisten kamen direkt auf mich zu. Ich warf meinen sonst so behüteten Aktenkoffer in weitem Bogen über die Mauer, versuchte mit einem kräftigen Sprung mit den Händen die Oberkante der Mauer zu erreichen. Schon packte mich ein Polizist an meinen Beinen und zog mich mit aller Kraft zurück. Ich hielt mich krampfhaft fest und zwei Männer auf der anderen Seite, auf einem Gerüst stehend, packten mich an meinen Armen, und während ich mit einem Fuß den inzwischen näher gekommenen zweiten Polizisten durch Strampeln abwehren konnte, erreichte ich die Mauerkrone und sprang in den Garten der Botschaft. Eine junge Frau mit einem Mädchen an der Hand reichte mir meinen Aktenkoffer, der seinen Flug unbeschadet überstanden hatte. Es erschien mir, als wäre ich auf einem anderen Planeten gelandet. Die Menschen hier auf diesem Gelände, in diesem Park der Botschaft, waren wie eine heilige Familie. Ich sah nur Mitmenschlichkeit, die Gesichter voller Liebe und erfüllter Hoffnung. Was war passiert mit den Menschen hier drinnen? Hatten sie das Böse in sich auf der anderen Seite der Botschaft, draußen auf der Straße gelassen? Ich suchte mir einen Platz in dem Park, setzte mich auf den Rasen, neben mir viele Familien mit Kindern. Gegenüber sah ich Zelte, die für Familien mit Kleinkindern aufgestellt worden waren. Die Seitentüren der Botschaft standen weit offen. Ich betrat den Flur und suchte einen Angestellten, der mir meine Fragen beantworten konnte. Ein Mitarbeiter erkannte mein Suchen und kam direkt auf mich zu: „Kann ich Ihnen helfen?" „Ja, ich habe meinen sehr neuen PKW draußen auf der Straße geparkt."

„Das ist kein Problem. Geben Sie mir die Autoschlüssel und schreiben Sie auf einem Zettel

Ihre Autonummer auf.", forderte er mich auf. „Werden wir ausreisen dürfen?", fragte ich direkt.

„Ein Zug ist bereits ausgereist. Sie müssen Geduld haben, dann wird alles gut werden", ermunterte er mich. Ich benutzte wieder meine kleine Karte, die mir bereits einmal geholfen hatte und schrieb auf der Rückseite mein Auto-Kennzeichen auf. Dann übergab ich meinen Schlüssel an den Mitarbeiter der Botschaft. Ich setzte mich wieder auf den Rasen im Garten, fragte einen Nachbarn, der dicht neben mir auf einer Decke lag: „Wie lange sind Sie schon hier?" „Zwei Tage", antwortete er mir. „Und woher kommen Sie?", wollte ich wissen? „Ich komme aus Magdeburg. Und Sie?" „Ich komme aus Berlin", antwortete ich, was ja eigentlich nicht stimmte, deshalb verbesserte ich mich sofort wieder, weil ich nun nicht mehr lügen musste. „Ich wohnte lange in Berlin, komme jetzt aus der Niederlausitz. Sind Sie allein?", fragte ich. „Nein, meine Frau mit unseren zwei kleinen Kindern darf drinnen schlafen." „Sind Sie auch über den Zaun geklettert?", fragte ich nun neugierig. „Nein, bei uns war die Botschaft noch offen. Ich heiße Peter", stellte er sich vor und reichte mir seine von schwerer Arbeit gezeichnete Hand. Seine etwas von Zigaretten gefärbten gelben Finger umschlossen fest meinen Handrücken. Ich stellte mich nun ebenfalls vor: „Robert ist mein Name." „Wir alle sind uns einig, wir bleiben hier solange, bis wir unsere Ausreise bekommen." „Ja, das ist gut", bestätigte ich. „Wir haben keine andere Wahl. Der Weg zurück führt uns direkt ins Gefängnis. Wir haben alle Zeit der Welt." Ich fragte: „Wenn Sie in Westdeutschland sind, in welche Stadt wollen Sie?" Peter antwortete: „Wir wollen nach Hamburg. Wir haben dort Verwandte." Der Oktobertag neigte sich dem Ende zu. Die Laternen im Park der Botschaft warfen ihr Licht auf die vielen Tausend Körper, die bereits der Müdigkeit zum Opfer gefallen waren. Der Anblick erinnerte mich an Maulwürfe, die ihre Sandhügel in Wiesen und Felder graben. So schienen mir die dunklen Schatten von den schlafenden Menschen auf dem Weg in eine neue Zukunft. Ich legte meinen Kopf auf den Aktenkoffer und deckte mich mit meinem Mantel zu, suchte etwas Schlaf. Die Erde zog unaufhaltsam ihre Bahn und die Sonne traf nun auf unsere Gesichter. Es war ein klarer Morgen. Ich versuchte meine Glieder zu richten. Mein Genick schmerzte von der unbequemen Haltung auf dem Koffer. Viele Familien standen am Eingang der Botschaft. Dort gab es Kaffee, und auch Brote wurden verteilt. Ich wartete noch, wollte mich nicht in die Schlange drängeln. Viele Fragen, die mir durch den Kopf gingen, ließen für ein Frühstück keinen Platz in meinem Magen. Was wird der Tag bringen? Ich suchte Augenkontakt mit einem Mitarbeiter der Botschaft: „Guten Morgen!", begann ich das Gespräch. „Was meinen Sie, wird Honecker uns ausreisen lassen?" „Ich weiß es nicht, aber haben Sie Geduld. Es wird alles gut werden", lautete die Antwort. Der letzte Satz machte mir Hoffnung. Er weiß sicher mehr, darf nur nicht darüber reden, dachte ich. „Ja", antwortete ich, „wir müssen warten." Ich machte einen kleinen Rundgang am Zaun der Botschaft entlang. Draußen sah ich nur den normalen Auto Verkehr auf der Straße. Der Fußweg menschenleer. Es hieß, die

Polizei habe das Gelände um die Botschaft hermetisch abgeriegelt. Daher kamen auch keine weiteren Menschen. Plötzlich machte jemand eine Ton Probe über einen Lautsprecher. Alle Blicke sahen wie versteinert nur in eine Richtung. Es wurde still. Nur ein Kind weinte in der Menge. Der Redner klopfte mit seinem Finger auf das Mikrofon. Dann sprach er zu uns: „Guten Morgen! Ich hoffe, Sie haben trotz der widrigen Umstände einigermaßen schlafen können. Ich kann Ihnen versprechen, es war die letzte Nacht hier auf dem Grundstück, denn Ihre Ausreise wurde heute von der DDR genehmigt. Sie dürfen nun offiziell das Land in Richtung BRD verlassen." Minutenlanger Beifall, Schreie vor Freude unterbrachen die Ansage. Der Ansager wartete, bis es wieder ruhig wurde. Dann fuhr er fort: „Die Ausreise erfolgt mit dem Zug über Dresden. In Dresden macht der Zug halt und die Organe der DDR werden Ihnen die Ausweise abnehmen." Es war mäuschenstill nach dieser Information. Halt in Dresden? „Die werden uns alle rausholen und einsperren", hörte ich aus der Menge. Auch der

Sprecher der Botschaft hatte dieses Argument gehört und versuchte, die Menschen zu beruhigen. „Haben Sie Vertrauen!", rief er in die Menge. Mit dem Wenigen, was die Menschen bei sich hatten, begann der Aufbruch. In einer langen Reihe hintereinander verließen wir, eskortiert von der tschechischen Polizei, im Gänsemarsch das Botschaftsgelände in Richtung Bahnhof. Mir war unheimlich im Angesicht der Polizei. Ich blieb dicht am Vordermann. Eine Frau hinter mir legte ihre Hände auf meine Schultern. Ich folge dem Beispiel und fasste die Schultern meines Vordermanns. Es erinnerte mich an eine Polonäse, die wir oft bei unseren Betriebsfeiern in fortgeschrittener Stimmung veranstalteten. Am Bahnsteig angekommen, wartete ein Zug auf uns. Es war ein Sonderzug ohne die üblichen Hinweise über Abfahrtszeiten und Ziel. Ich stieg ein, suchte mir einen Sitzplatz. Nur wenig Menschen benutzten das Abteil mit den Sitzplätzen. Auf dem Gang erkannte ich nur Hinterteile der Menschen, die sich weit aus den offenen Fenstern lehnten und nach Bekannten oder Freunden Ausschau hielten. Ich sah aus meinem Fenster auf die andere Waggonseite. Hier standen Polizisten. Sie bewachten die Türen, damit keine weiteren Personen zusteigen konnten. Ich hörte das Zuschlagen der Türen. Ein Mann sagte: „Die werden von außen verriegelt." War anzunehmen, dachte ich. Langsam, ruckend bewegte sich der Zug. Er nahm Fahrt auf und verließ den Bahnhof Prag. Schilder von kleinen Ortschaften flogen vorbei. An Bahnsteigen standen Personen und winkten. Ob sie wussten, wer in diesem Zug sitzt? Vielleicht, hatte es sich herumgesprochen. Ich sah in die Ferne, entdeckte abgeerntete Felder. Ein Bauer saß vor seinem Traktor. Der Zug näherte sich der Landesgrenze. Ob er hier hält, fragte ich mich? Nein, er fuhr etwas langsamer, aber blieb nicht stehen. In der Ferne erkannte ich das Schloss „Wesen Stein". Jetzt waren wir gleich in Pirna. Bei dem Gedanken, dass der Zug in Dresden halten sollte, schnürte sich mein Magen mit Schmerzen zusammen. Ich wusste aus meiner Erfahrung, dass eine Zusage von der Staatssicherheit keine Garantie für die Einhaltung dieser Zusage bedeuten musste.

Sie werden eine Erklärung finden, warum sie diesen Zug nicht weiterfahren lassen. Ich werde versuchen zu entkommen, greifen können die mich nicht so schnell, dachte ich entschlossen. Der Zug wurde langsamer. Schienen, wohin ich sehen konnte, Weichen und Züge, die mit einer Rangierlock in ein bestimmtes Gleis geschoben wurden. Ich erkannte die Bahnsteigkante. Im Schritttempo rollte unser Zug in die Bahnhofshalle. Er bremste kaum spürbar. Es war still in unserem Wagen. Alle warteten gespannt auf das nun folgende. Minuten vergingen, nichts passierte. Ich versuchte auf den Gang in unserem Wagen zu sehen. Ich konnte nur wenige Meter aus meinem Abteil einsehen, aber die Gänge waren leer. Mein Nachbar sagte: „Ich denke, es ist besser, nicht aufzufallen." Ich hörte eine Abteiltür aufgehen. Zwei Männer öffneten nun die Tür zu unserem Abteil. Sie waren in Zivil. „Guten Tag", grüßten sie. „Guten Tag", schallte es im Chor zurück. „Bitte geben Sie uns Ihre Personalausweise zur Identifikation." Ich reichte meinen Personalausweis dem Sicherheitsbeamten. Er blickte prüfend auf das Passbild, verglich es mit meinem Gesicht und verstaute diesen dann in seiner Aktentasche. Dann folgte der gleiche Akt bei den anderen sieben Personen in meinem Abteil. Schließlich verließen sie unser Abteil. „Warst das?", fragte ich mit einem Jubel in der Stimme. „Ja, ich denke", erwiderte eine Frau. Ich weiß es nicht, wie lange der Zug in Dresden stand, es kam mir vor wie eine Ewigkeit. Türen schlugen zu und die Gleise mit den Bahnsteigen und den wartenden Menschen zogen an uns vorbei. Ein Ehepaar in unserem Abteil kramte in einer ihrer Reisetaschen. „Ich habe sie!", rief der Mann und hielt eine Sektflasche von der Firma Rotkäppchen in der Hand. Er öffnete die Flasche mit schaumiger Dusche, nahm einen großen Schluck und reichte sie, nachdem er die Flaschenöffnung mit der Handfläche abgewischt hatte, nun mit der Bemerkung: „Auf ein neues Leben!" in die Runde. Es war jedem bekannt, dass der Rotkäppchen-Sekt zu den Spitzenprodukten der DDR gehörte, aber heute erhielt dieser lauwarme Sekt in dieser Stimmung eine Goldkrone. Es war für mich in diesem Moment, der beste Trunk, den ich jemals zu mir nahm. Der Alkoholgehalt wirkte sehr schnell auf meinen leeren Magen und machte mich nachdenklich, während ich aus dem Fenster sah. Ich versuchte, die vertraute Landschaft in meinem Gedächtnis zu behalten, wusste ja nicht, für wie lange ich der unschuldigen Natur meiner mir vertrauten Heimat fernbleiben musste. Mein Gehirn arbeitete auf Hochtouren, wie ein Prozessor in einem Computer. Eigentlich fuhr ich, gesellschaftlich betrachtet, in die Vergangenheit, zurück, in den Kapitalismus. Der Versuch, eine neue Gesellschaftsordnung zu entwickeln, einen Sozialismus aufzubauen, war durch die Dummheit der Politiker gescheitert. Es waren auch andere Gründe, die einem Erfolg entgegenstanden: Lieferboykotts, wirtschaftliche Isolation, die Währung - das Aluminium Geld. Mit langsam werdender Fahrt näherten wir uns einem Ort. Ich hörte das Schleifen der Bremsbacken an den Rädern. Ein Ortsschild trat langsam vorbeiziehend in meinen Blick. Ich las „Helmstedt". Auf dem Bahnsteig spielte eine Kapelle. Viele Menschen jubelten, winkten, wedelten mit

Taschentüchern, Fahnen. Sie reichten Getränke durch die geöffneten Zugfenster. Journalisten stiegen ein. Es war ein sehr bewegender Moment für mich. Völlig fremde Menschen weinten vor Freude und hießen uns herzlich willkommen. Auch meine Augen wurden in diesem Moment etwas feucht. Die Journalisten durchkämmten die Abteile auf der Suche nach einer guten Story. Sie schlängelten sich mit ihren Mikrofonen durch die Gänge der Wagen. Ich hörte, wie ein jungen Mann erzählte, dass er in der DDR nie arbeiten musste. Ich spürte Wut, Patriotismus, weil ich diese Aussage nicht als Wahrheit empfand. Entschlossen, mich diesem Interview zu nähern, lauschte ich den Fragen und versuchte, dem Reporter meine Geschichte zu erzählen. Es schien mir, als wäre ich aus Glas und durchsichtig, so reagierte er auf meine Bemühungen. Auf dem Gang erkannte ich einen anderen Reporter. Er versuchte, sich schlank machend, an mir vorbei, in den nächsten Wagen zu kommen. Ich nahm die Gelegenheit wahr und sprach ihn direkt an, ob er an meiner Lebensgeschichte interessiert wäre. „Ja, schon", antwortete er, „aber ich brauche ein Interview von jungen Leuten, sagt mein Chef." Etwas versteinert ließ ich ihn passieren. Ach so, dachte ich, mit 46 bin ich nicht interessant? Ein Mann auf dem Bahnsteig hatte mir eine Coca-Cola durch das Fenster gereicht. Ich nahm einen großen Schluck, entschloss mich, alles auf mich zukommen zu lassen. Ich habe viele Erfahrungen, eine exzellente Ausbildung und war hoch motiviert.

Unser Zug erreichte Paderborn. Es war unser vorrübergehendes Endziel. Von Helfern des DRK wurden wir in eine ehemalige Militärkaserne geleitet. Wir erhielten ein Bett und alle Informationen, die für unsere Registrierung notwendig waren. Nach vier Tagen erhielt ich meinen Reisepass der Bundesrepublik Deutschland. Es machte mich stolz, denn nun konnte ich reisen, wohin ich möchte. Ich erhielt eine Fahrkarte und etwas Taschengeld für die Reise nach München. Bayern sollte meine neue Heimat werden. Was sagte der Beamte in Paderborn? „Sie müssen sich sofort beim Arbeitsamt als arbeitslos melden." Der Begriff ‚arbeitslos' war für mich ein beruflicher Absturz ins Unendliche. Natürlich wusste ich, dass für die Zahlung des Arbeitslosen-Geldes eine Registrierung erst einmal notwendig war. Ich erledigte alles mit sehr großer Genauigkeit, schrieb eine Bewerbung und einen Lebenslauf. Ich suchte Firmen, die in meiner beruflichen Branche Mitarbeiter suchten. In meinem Kopf war noch das Gespräch im Außenhandelsunternehmen Technocommerz mit den Vertretern der Firma in Mannheim verankert. „Sie können mit Ihrer Qualifikation sehr viel Geld verdienen", sagte der Handelsvertreter aus Westdeutschland damals. Also bezog ich mich in meiner Bewerbung auf meine damaligen Aufgaben als Exportkaufmann für Schiffsdieselmototoren. Nach etwa zwei Wochen erhielt ich eine Einladung zum Vorstellungsgespräch. Überglücklich und optimistisch machte ich mich auf den Weg nach Mannheim. In der Firma angekommen, traf ich auf drei Herren, die mein Schicksal, wie ich glaubte, in der Hand hatten. Ich bot mein Können und meine Fähigkeiten besonders für den russischen Markt an, da ich die russische Sprache beherrsche und auch gute Kontakte besitze. Sie boten mir ein Haus, in dem ich wohnen könnte und ein sehr gutes Jahresgehalt an. Als ich mich verabschiedete, fragte der eine Herr: „Sie werden 47?" „Ja, aber erst im April des kommenden Jahres", antwortete ich. Mit mir zufrieden, fuhr ich zurück in mein kleines Zimmer nach Bayern. Der Postbote wurde nun die wichtigste Person für mich. Endlich hielt ich den Brief in der Hand. Ich las einen sehr kurzen Text. Es war eine Ablehnung. Weiter arbeitslos! Ich schrieb Bewerbungen und endlich, nach zwei Monaten in der Bundesrepublik Deutschland angekommen, stellte mich, vorerst auf dreimonatige Probezeit, ein kleiner Maschinenbaubetrieb ein.

Der Weg meines neuen Lebens bestand noch aus einem schmalen Pfad. Der Geruch der Waschmittel und der Seifen erinnerte mich immer noch an die Weihnachtspakete, die uns jährlich aus dem Westen erreichten, unserer Familie ein dankbares Glücksgefühl bescherten. Bald hatte ich diese unterschiedlichen Gerüche vergessen. Meine

Neugier auf das Neue befriedigte mein Befinden, indem ich es ergründen wollte. Die neue Heimat lag wie ein unentdeckter Schatz vor mir, den ich zu heben hatte. Es wurde in meinem Herzen wieder hell, ich konnte wieder lachen und auch stolz auf meine Herkunft sein.

Bibliografische Information der Deutschen Nationalbibliothek: Die Deutsche Nationalbibliothek verzeichnet diese Publikation in der Deutschen Nationalbibliografie; detaillierte bibliografische Daten sind im Internet über dnb.d-nb.de abrufbar.

TWENTYSIX – Der Self-Publishing-Verlag
Eine Kooperation zwischen der Verlagsgruppe Random House und BoD – Books on Demand

© 2016 Gerd Stephan Bartkowiak

Herstellung und Verlag:
BoD – Books on Demand, Norderstedt

ISBN: 978-3-7407-1362-1